写给大自然的情书
荒野游踪

荒野有歌

徐仁修 撰文·摄影

北京大学出版社
PEKING UNIVERSITY PRESS

图书在版编目（CIP）数据

荒野有歌 / 徐仁修撰文、摄影. —北京：北京大学出版社，2014.7
（徐仁修荒野游踪·写给大自然的情书）
ISBN 978-7-301-24163-9

Ⅰ.①荒… Ⅱ.①徐… Ⅲ.①散文集—中国—当代②摄影集—中国—现代 Ⅳ.①I267②J421

中国版本图书馆CIP数据核字（2014）第079575号

书　　　　名：	荒野有歌
著作责任者：	徐仁修　撰文·摄影
丛 书 策 划：	周雁翎　周志刚
责 任 编 辑：	邹艳霞
标 准 书 号：	ISBN 978-7-301-24163-9/I·2757
出 版 发 行：	北京大学出版社
地　　　　址：	北京市海淀区成府路205号　100871
网　　　　站：	http://www.pup.cn　新浪官方微博：@北京大学出版社
电 子 信 箱：	zyl@pup.pku.edu.cn
电　　　　话：	邮购部 62752015　发行部 62750672
	编辑部 62753056　出版部 62754962
印 　刷 　者：	北京中科印刷有限公司
经 　销 　者：	新华书店
	650毫米×980毫米　16开本　10.5印张　122千字
	2014年7月第1版　2014年7月第1次印刷
定　　　　价：	39.00元

未经许可，不得以任何方式复制或抄袭本书之部分或全部内容。
版权所有，侵权必究
举报电话：010-62752024　电子信箱：fd@pup.pku.edu.cn

目 录 CONTENTS

总　序 /1

不顾一切地朝建设"经济奇迹"的目标努力后,人们口袋里的钞票不断地增加,同时,我们环境的污染指数也不断增高,而大自然里的生物却快速地减少。

缘　起 /3

保护自然生态就是保护我们自己,以及未来的人类,也就是我们的子孙。

野地复活 /5

农夫辛来苦去,只收获了一些菜叶根茎,我却不费吹灰之力尝了花蜜,还享用了整片田野的诗情画意。上苍用小小的、微不足道的通泉草,来表演大自然的不可思议,展现生命的神奇。我要向农夫表达感激,没有他的舍弃,哪有我的欢喜。

巷弄中的彩蝶 /19

一九六五年后外来的纹白蝶,将台湾纹白蝶赶入山区,从此它在台湾平野失去了音讯,直到都市的水泥丛林如春笋般窜起,它才重返平地。如今,在屋角巷道的缝隙间,生长着十字花科植物的地方,台湾纹白蝶找到了落脚的新乐园。

目录 CONTENTS

森林最优美的一天/29
为了回报我半年来上百次的参访，大自然今天把整条山径铺满了油桐，像是一条白色的长地，隆重、优美而热情地将我引入幽林。我微醉了，有那么一刹那，我认为自己脱离了躯壳，轻松自在地通往美妙的境界。

湿地有歌/45
每一块湿地，都有一首歌，从宜兰、桃园、新竹、台南到屏东，各有各的歌手，各唱各的调。水雉只在菱角田跳舞，台湾萍蓬草只在桃园山地绽放，长叶茅膏菜只在竹北山谷伸展。有到处赶场的雁鸭、鹬鸻、白鹭，也有即将失去生态舞台的青鳉鱼和长柄石龙尾。

花莲自然散记/83
五月正是万物滋生的季节，野花怒放，动物交尾。我选在这美好的时刻，来到台湾最后的净土——花莲，以镜头与文字记录下这一篇章。

它们哪里去了？
——记二十年来在我家附近消失的动物/109
我家附近这么多的野生动物，给了我多彩多姿的童年。可是这众多可爱的生物，却在短短的十几二十年间，活生生地、悄悄地消失了。

荒村女童/139
一个春意渐浓的午后，预备上山摄影的作者发现他的向导竟是个瘦小的女童。山行半日，他认识了一个小小心灵的承担，与尚未失去的纯稚。他们互相给予关怀真情，度过了一段如梦的时光。

总序

　　自一九七五年以来,台湾不顾一切地朝建设"经济奇迹"的目标努力后,人们口袋里花花绿绿的钞票不断地增加,同时,我们环境的污染指数也不断增高,而大自然里的生物却快速地减少,萤火虫消失了,泥鳅、蛤蜊、青蛙……不见了,小溪岸、河堤、沟渠、田埂……大都铺上了坚硬、粗暴、丑陋的水泥,美丽、生动的大自然渐离我们而远去,孩子们也越来越少有机会去接近自然、向自然学习,也无法从自然那里得到启示、快乐、感动,儿童最珍贵的想象力也难以得到大自然的滋润,正如一位小朋友说的:"台湾的虎姑婆移民去了,因为大人把大树砍光,虎姑婆没有森林可以藏身了……"

　　为了保留台湾大自然的一线生机,二十年来,我经常上山下海,以纸笔、相机来记录美丽丰饶的宝岛。为了让儿童有机会与能力接触大自然,我也花好多时间去为孩子们演讲,并带领他们到荒野自然去进行观察与体验。我发现这种播种与扎根的工作是真正保护台湾大自然生机的最佳办法,而且效果显著,这些孩子都懂得从一个更宏观、更长远的眼光来反省生活与面对自然。

　　过去我与许多人曾以环保运动来抵抗那些制造污染、破坏大

地的大企业,其结果就像遇见了希腊神话中的九头妖龙——你砍去一个龙头,它会再长出两个头来一样,不但没完没了,还会被套上"环保流氓"的大帽子而难以脱身。但是,这些曾深入荒野、受过大自然感动与启示的孩子,在长大之后,若是成为政府决策官员,他们不会为虎作伥;若是成为企业家,他们早就明白,"违反自然生态的投资"对整个地球、人类而言,是极为亏本、得不偿失的投资。

为了台湾的自然生机,为了孩子们,我在一九九五年创立了荒野保护协会,旨在汇聚更多理念相同,真正爱大自然、爱台湾、爱孩子的有心人士,一起来推动这个观念。此外,我也通过远流出版公司,出版我这二十年来在台湾山野所做的自然观察与体验,一方面为记录,一方面是我与大自然相处的经验传承,更是我在自然深处的沉思与反省。*

如果你阅读这一系列"徐仁修的自然观察与体验"而感到有些心动,请与荒野保护协会联系,你很可能就是那些将影响台湾未来的"荒野讲师"或"荒野解说员"。

---

* 徐仁修先生曾在台湾地区的远流出版公司陆续推出以"徐仁修的自然观察与体验"为主旨的系列图书,它们包括:《猿吼季风林》《自然四记》《仲夏夜探秘》《思源垭口岁时记》《荒野有歌》《动物记事》。这篇总序正是为这些书而写的。

缘起

有些人听过我演讲,或阅读了我发表的有关自然生态的文章时,会认为我重视其他生物更甚于人。我想这大多是只听过一次,只读过一两篇文章或一两本书籍之后的片断结论。他们不知道:保护自然生态就是保护我们自己,以及未来的人类,也就是我们的子孙。

人类无法独自存在,完全得依靠大自然而生存,甚至一呼一吸都受惠于大自然,所以大自然与我们可说关系密切到"息息"相关的程度。但因为它随时就在我们身边,以至于我们根本忘了它的存在,直到有一天失去它。可是那时也就来不及了,所以有智之士就会防患于未然。今天,空气、水、食物开始被污染了,却仍有许多人为了私利,视而不见,听而不闻,嗅而不觉。他们不知道如此的做法事实上已祸及子孙,使得许许多多因环境污染而生的见所未见、闻所未闻的病发生了,或者原来只发生在老人、成人身上的病,像癌症,也发生在孩子身上。即使如此,我们却看到还是有那么多的政客与企业家不顾一切地支持兴建核能发电……诸如此类的问题,好像"经济"可以解决一切,可以给人幸福、健康、平安一样。然而,苏联切尔诺贝利核电站发生事

故,当年参与救灾的人,已有三分之二因为感染辐射而死,而后来出生的孩子有一半以上是先天残缺——如此惨痛的教训值得那些恣意改变生态环境者再三深思!

我在这本书中,将《荒村女童》放在最后一篇压轴,就是要让读者知道,"人""孩子"还是我最关心的。我们不该只图自己享受,却由下一代买单,所以真正爱孩子的父母一定是关心自然生态环境的有智之士。让我们聚集成一股力量来为我们挚爱的孩子们做一些事吧!

溪水会有清澈的一天吗?
天空会再湛蓝吗?
什么时候我们的孩子,
可以溪中戏水,追逐鱼虾,
仰望威严的苍鹰飞翔?
请来加入荒野保护协会,
为台湾大地播下希望的种子,
请一起来为孩子们,
预约台湾再美丽一次!

野地复活

农夫辛来苦去,只收获了一些菜叶根茎,

我却不费吹灰之力尝了花蜜,还享用了整片田野的诗情画意。

上苍用小小的、微不足道的通泉草,

来表演大自然的不可思议,展现生命的神奇。

我要向农夫表达感激,

没有他的舍弃,哪有我的欢喜。

一九八六年秋天，我在阳明山冷水坑发现一片刚被弃耕的田野，在那里巧遇田园的主人——一位老农，前来搬运农具回去。这块地原本被用来生产夏季蔬菜，只要两三年中，遇上一次台风把台湾中、南部的夏季蔬菜吹毁了，那么他就可以发一次台风财。

过去三年，他并未讨得便宜，还损失了一些。这就是典型的台湾投机农业，正如老农说的："台湾农业没有三日好光景。"他说他老了，决定不干了。这块地就放着任它去荒吧！

当时我站在收获后空荡荡的菜园里，心中暗自决定，我要仔细瞧瞧，当一块空地交还给大自然后，老天怎样来经营它。

一九八七年二月，我再度来到了废耕地，但令我大吃一惊，原来空荡荡的田野现在绿草如茵，其上开着无数的野花。突然，我心中升起了一种感动——老天故意要给我一次惊艳，而且是用那曾被我誉为"北台湾最忍不住春天"的野花——通泉草。

通泉草的花朵只有指节一般大，但花形特殊，淡紫缀着桃红的花色衬在草中显得格外亮丽，尤其当它开满野地时，真是显眼迷人。

我独自在田野中徘徊流连，享受着无数野花的热情与美丽。

田野弃耕后的隔年二月,东风解冻,田野上青草铺地,绿意盎然,小野花从中绽放,春风轻拂,摇曳生姿。与先前的荒芜,有天壤之别。

通泉草堪称"北台湾最忍不住春天"的野花,在春寒料峭的二月天,它就耐不住春意的撩拨悄然开放。通泉草的花朵虽小,模样却十分可爱,细长的花茎托起淡紫缀着桃红的花瓣,高雅而迷人。

蛇莓蹿长，黄花随开，鲜红的果实也跟着出现。

喜悦中我不禁同情起那位拥有这片田地的老农，他辛来苦去只收获了一些菜叶根茎，我却毫不流汗出力，就享用了整片田野的诗情画意。

但是，我还是感激那位农夫，要不是他的舍弃，哪有我的丰收呢？这些通泉草在往年的春天，只能挤在阡陌上的杂草间，或在菜园的小角落里，或因紧挨着菜丛方能从锄头下余生，如此才有机会勉强绽开几朵，现在老天却让它开满遍野，让这原本卑微的小野花像童话故事一般，一下子变成这片早春野地的主角。上苍用这小小微不足道的通泉草，来表演大自然的不可思议，展现生命的神奇。

在这片野地上，我也见到许多其他的野生植物，有的正萌芽，有的正抽长，有的正舒展着新叶，也有的已悄悄吐着细小的花苞花蕾。它们都是这片野地剧场节目单上的演员，正按着出场的顺序，开始装扮自己。

三月里，我再度来到冷水坑，发现通泉草正轻轻地、慢慢地隐退，接着由鼠曲草粉墨登场，头顶着戏帽卖力演出。黄鹌菜则是这里那里地间杂着，每一阵仍带寒意的春风吹来，它比谁都摇得厉害，好像不如此，便难以吸引观众的眼光。细小的台北水苦荬也取得一席地，以独特的宝蓝色花朵独树一帜。

与此同时，我看见黄花酢浆草、蛇莓、倒地蜈蚣、天胡荽四处蹿长着，一簇簇的台北堇菜、小苋、龙葵也赶来赴会，它们的花苞涨得都快破了。果然，三月尚未过完，它们就一哄而上，把鼠曲草挤到后台去，同时拖泥带水地霸占了整个四月。

五月里，我发现大自然已经把剧本写到好几年后。我在水沟、低处的湿地里，看见好多种随水飘来的水生植物发芽了。我知道，它们是明年湿地那场戏的主要演员。此外，在野地，我也观察到许许多多的植物出现了，更令我惊讶的是，我找到三棵红楠的小苗刚刚出土，一棵野牡丹、两棵枫香、一株九芎、一小丛悬钩子也已成新苗。

第二年春天，野地依然亮丽，只是主角更多了。去年的主角都是较矮小的植物，像通泉草、黄花酢浆草、小茄、蛇莓等，它们今年已沦为配角，风轮草、羊蹄、黄鹌菜、长梗满天星、飞蓬等群雄并起。配角虽然戏份少了，但是美丽依旧，尤其是通泉草，虽然挤在长梗满天星以及羊蹄的脚下，却风采依旧，添加了不少野趣。

湿地里，更是一片繁花涌起，水芹菜的碎白花插满了水沟，毛茛登陆野地，半边莲沿水畔开放，水猪母乳据着一角，升起花束。

到了六月，我看见一丛水毛花鹤立鸡群般，在湿地开出了毫不起眼的花，一株野慈姑孤立水边绽放一串雪白的花朵，让湿地给人一种欣欣向荣的愉悦。田野上，狼尾草、飞蓬高据，成丛的芒草散布，霸气地拓展着它的地盘，整片田野纷杂荒乱却又生意盎然。

一九八九年的春天，各种野生植物并陈，除了芒草，已经很少有所谓的主角、配角之分，好像大家都暂时找到了一小片立足之地来安身，前两年的厮杀火拼戏已经不再那么热烈上演，而进入一种比较缓慢沉静的场景。悬钩子在陌上开花了，菝葜的嫩茎摇曳上升，红楠摆出树木的形态。

到了五月，那簇野牡丹竟赫然开出令我惊艳的花朵，水麻、菁芳草在近湿地的地方铺下了地毯。我丝毫看不出此地曾经是一片菜圃。现在这小小一片野地至少长着百种以上的植物，而它们怎样移入这里？这是我经常思考以及观察的。

黄鹌菜、鼠曲草、芒草是跳降落伞随风飘来的，湿地的植物是借水浮来的，悬钩子、红楠、野牡丹是由鸟粪带来，菁芳草是黏在人、狗身上携来，黄花酢浆草则靠自己那弹簧般的果荚，把种子弹到远处……这些种子巧妙的设计与传播方式，每每教我叹为观止！

　　一九九〇年早春，我回到冷水坑，看见这片野地变得焦黄空荡。那个老农正在一角整地，他说这两年的杜鹃花苗价格不错，他打算把菜圃改为苗圃。

　　我望向那片曾经繁花遍野的空地，一股怅然与难过猛然冲起，虽然我知道，只要人类不再去干扰它，它很快地就会复活……

鼠曲草粉墨登场，苗条的身子配上柔白的绵毛，头戴黄色的金冠，显得耀眼夺目。

在犹寒的春风里，黄鹌菜迎风摇曳，是初春田野上热情奔放的舞者。

风轮草的长梗上，每隔一段距离便有成团成簇的小花绕着长梗绽放，整枝花序看起来像是一层层的花之塔，十分特殊。

水毛花狭长的叶片竖立有如鹤立鸡群，近叶尖端迸出的小花为刚直的线条添上些许婉约。

毛茛占据含水多的野地一角,绿油油地展现它的生命力。

野慈姑来报到了,奇特的叶形很容易让人注意到它的存在,洁白细致的花朵惹人怜爱。

水猪母乳悄悄地在小角落生长，不久就开出小而美的花朵。

水芹菜占据另一角与毛茛分庭抗礼。

初夏时,野牡丹终于开出它生命中的第一批花朵,灿烂美丽,是一首生命的赞歌。

夏秋之间,野地蒿草紧密,一出出不同的戏码,一批批不同的演员出场,令人目不暇接。这就是大自然,这就是荒野,热热闹闹,有歌有情。

娇小的台北水苦荬虽不出风头,但那特别的海蓝色小花,却不会让欣赏的眼光错过。

黄花酢浆草虽不强壮,却柔能克刚,到处蔓延,黄色的小花相当抢眼。

顶着一颗颗球状白花的长梗满天星,在第二年的春天加入演出的阵容,在通泉草和黄花酢浆草间撑起花球,错落有致。

第三年春天，野地上各种野生植物并陈。眼前尚未开花的野牡丹正等待初夏的来临，左侧较矮小的悬钩子已开出白色的花朵，黄花酢浆草挨着悬钩子做伴，鼠曲草则在这儿那儿到处串门子。整片田野纷杂荒乱，却又生机盎然，野趣横生。

农人的一念之间，半个工作日，杀草剂就屠杀了所有的野地生命，我为之怆然而涕下……

巷弄中的彩蝶

一九六五年后外来的纹白蝶,

将台湾纹白蝶赶入山区,

从此它在台湾平野失去了音讯,

直到都市的水泥丛林如春笋般蹿起,

它才重返平地。

如今,在屋角巷道的缝隙间,

生长着十字花科植物的地方,

台湾纹白蝶找到了落脚的新乐园。

都市是一个很不适合野生动物栖息的地方，要在这种水泥丛林中活下去，真需要有一身不凡的求生本领，否则不是被汽车废气呛死，也要被各种机器、家电的废热闷死，甚至被污水和垃圾毒死。不过也的确有许多特别的动物，像沟鼠、蟑螂、蚂蚁、白蚁、蜘蛛、壁虎、麻雀、斑鸠、家燕等，在都市丛林中找到一席安身立命的场所，并且自得其乐。

　　在这些都市野生动物中，有一种是近十几年才大量落户都市的动物，名叫台湾纹白蝶。它原来是台湾平野地区冬、春最常见的蝴蝶，它的幼虫以野生的十字花科植物为食，其中以山芥菜最为常见。当然在十字花科蔬菜，像白菜、高丽菜、芥菜、芥蓝、萝卜叶上也可以发现它们的踪影。台湾纹白蝶最大的生活特色是喜欢在半日照的环境，也就是半阴的地方生活，例如靠近树林、防风林的野地。

　　但是，从一九六〇年开始，一种名叫纹白蝶的粉蝶，以虫卵的形式，随着从日本引进的十字花科蔬菜种子进入台湾地区后，迅速在宝岛繁殖蔓延。这种入侵的纹白蝶性喜日照充足的原野，尤其在没有树林，而防风林日渐减少的台湾平野田地菜园，总是

台湾纹白蝶分布遍及全台湾,对环境的适应力极强,只要长有芥蓝、白菜、高丽菜等十字花科植物的地方就可以发现它的芳踪。

农人眼中的害虫——纹白蝶,在冬春之际,翩翩飞舞在花朵上,让大自然一下子更加美丽生动起来。

都市巷弄中,红砖围墙脚下簇长着山芥菜的地方,正是它们的新家。它们与人类比邻而居。

如鱼得水。到了一九六五年间，纹白蝶开始大量繁殖，而它的性情比台湾纹白蝶凶悍，常可看见它追撞台湾纹白蝶的镜头。如此，不过数年，这种入侵宝岛的纹白蝶就把原住的台湾纹白蝶赶离平地而向高山地区转进，以至有几年几乎在平地销声匿迹。

近十几年来，台湾经济突飞猛进，人口大量涌向都市，不但高楼大厦如雨后春笋般窜起，公寓似春草相挤，形成了都市丛林，也因此造成了许多半阴的环境，这使得移至高山的台湾纹白蝶又在平地找到了新的乐园定居。它们在街道的分隔岛上、巷弄的路边、私人庭院墙角边，找到了属于野生十字花科植物的山芥菜、荠菜，使它的毛虫子女可以在人海茫茫的台北大都市中，找到安身立命的食草，也使得台北市民受委屈的眼睛，竟然可以看得见白蝶翻飞越过车水马龙的街道。这也是大自然的奇迹之一。

入秋之后，我选定台北市和平东路二段七十六巷里的两条弄道作为观察地点。这巷弄的两边墙下，有些生命力极强的野草，从柏油路与墙脚相接的缝隙中奋力长出，其中我发现有山芥菜杂生其间，到了初冬已经亭亭玉立，秀色可餐；我也看见有几只台湾纹白蝶在这些山芥菜间飞飞停停地产卵。它总是在停过的叶片上，留下一颗米黄色、如炮弹般的小小蝶卵。不过几天，我发现有些山芥菜的叶片出现了小小的缺刻。我知道蝶卵已经孵化，小毛虫开始啃食叶片了。

每天每天，这些山芥菜叶片上的缺角越来越大，被啃的叶片也愈来愈多。我只要顺着这些叶片寻找，总会在叶面、叶背或小枝上找到有极好保护色的毛虫。保护色正是这没有武器自卫、没有翅膀、没有快腿的毛虫唯一的求生技巧。

即使都市中没有山上那么多天敌，但我还是看到了一些台湾纹白蝶的敌人——草蜥、蜘蛛、老鼠、寄生蜂，以及偶尔踩到墙脚来的犬足与人类大脚。

　　过了半个月，有些长得肥肥的毛虫成熟了，开始离开山芥菜寻觅适当的地点，准备化蛹。这时，山芥菜大半的叶片已被啃食精光，只剩光秃秃的枝梗，在寒风中努力要抽出新枝新叶。

　　沿着墙脚向四处攀爬的熟龄青虫，有的在红砖墙上结蛹了，有的在水泥墙上，有的在房子的门上，有的在纱窗上，有的在冷气机下，还有的爬到围墙上的防贼破玻璃上。甚至有一只就爬上弄口的水泥门柱，写着巷弄号码的油漆上，好像在那里结蛹羽化后，才不会忘记它出生的地方似的。

　　这些蛹都有很好的保护色，例如在红砖墙上的会变成赤色，在水泥墙上的会成为浅青的灰色，在树干上的就变成褐灰绿色，把自己隐身在生活背景内。但是，仍然有许多蝶蛹遭到天敌的残害，其中以寄生蜂最为厉害。它们把卵产入蛹体中，等幼虫孵出，即以蝶蛹作为食物，最后只留下一个空壳。

　　那些幸运躲过天敌的蛹，大约在六天左右即羽化成台湾纹白蝶。通常它们都在夜间羽化，毕竟晚上的敌人少得多。天亮后不久，蝶的羽翅充分展开并晾干后，一只新鲜亮丽的台湾纹白蝶即正式诞生，开始在巷弄间起舞。台湾纹白蝶从卵到毛虫，再变为蛹，最后羽化为蝴蝶，大概只需要三个星期。似乎只有这么短而迅速的生活周期，才能跟上都市生活的急速脚步！

　　都市里台湾纹白蝶的多寡，完全取决于山芥菜生长的情形。因为都市里能让山芥菜生长的地方毕竟不多，而且对山芥菜来说，环境十分恶劣，所以它们总是长得又矮又瘦小。这使得毛虫常常还未充分发育完成，山芥叶已被吃光，最后，这些毛虫如果不能及时找到其他山芥菜，就会缺粮而死。

　　即使已经羽化之后，也仍然有敌人虎视眈眈。我曾亲眼看见飞落花上吸蜜的台湾纹白蝶,被躲在花上的狩猎蜘蛛擒获,也曾目睹蝴蝶被草蜥一口叼走。

当暮春之际,山芥菜已结实累累并逐渐枯萎,台湾纹白蝶也渐渐从都市中失去踪影。我常常想,台湾少数民族的命运多么像台湾纹白蝶——从低地被逼上高山,现在又有很多少数民族回流到都市谋生。

上图 在冷气机底下化蛹。

左图 有的幼虫选在红砖上化蛹,这些蛹有极佳的保护色,不易被发现。最上一层有两个,最下一层及最下第二层各有一个蛹。

熟龄的幼虫离开了食草,寻觅适合化蛹之地。

炮弹形的卵正是台湾纹白蝶所产。

寻觅着蜜源,但天敌往往就躲在花朵边。一只纹白蝶被蟹蛛猎获。

台湾纹白蝶的幼虫孵化后,以山芥菜的叶片、嫩茎嫩果为食物。

母蝶将卵产在街边的山芥菜叶片上。

成蝶除了享受花蜜、恣意飞翔的喜悦之外,它们最重要的工作是繁衍后代,所以常见三三两两舞成一团,这是它们正在求偶。

刚羽化的台湾纹白蝶,等待着朝阳出来,就可以开始生命的第一次起飞。

森林最优美的一天

为了回报我半年来上百次的参访,

大自然今天把整条山径铺满了油桐,

像是一条白色的长地,

隆重、优美而热情地将我引入幽林。

我微醉了,有那么一刹那,

我认为自己脱离了躯壳,

轻松自在地通往美妙的境界。

台湾的森林在一般人的印象中,大概都是郁郁苍苍吧。尤其是低海拔的森林,更让人觉得枝叶深重、藤蔓交织,而且一年四季总是差不多的阴森。

近几十年,台湾在经济挂帅、开发至上的政策下,森林从平野地区消失了,也渐从低海拔的山区急速地缩减。人们对树林变得陌生了。没有人想到森林在气候、空气、防洪、水源涵养等方面无法计算的价值。我们这一代在绞尽脑汁、费尽力气去追求物欲的同时,也失去了欣赏自然的能力。就像我们不知欣赏一棵活生生又优美的巨大红豆杉,却贪婪地想尽办法要去拥有以红豆杉木料制作的家具,只因为这种家具在市场上的价格极高,而足以傲人……

其实,台湾低海拔的森林,不但幽美而且极富特色,树种繁多,林内的景色变化万千。只是因为我们很少去接近,也没空去留意,更无心去关怀,而忘了森林,不再重视这个岛屿最重要的资源。

近一两年来,我对台北盆地附近,位于新店山区的一片海拔三百米上下的次生林,做长时间的观察,而发现它动人的丰美。

特别选出一年中，我认为这片森林最优美的一天和读者分享。也许有点野人献曝，但这是我的心意。这一天是公元一九九六年五月七日。

今年自五月一日入梅以来，几乎每天都是阴或阵雨的天气，把盛开的油桐花推到了花期的巅峰，也滋润着相思树日盛一日的金色小花，更催促着爬在乔木顶上，挂在悬崖边的酸藤猛吐着花絮。

五月七日，天气忽然放晴，我迫不及待地背起摄影装备，沿着走过上百次的小径进入森林。迎面拂来的微凉山风，饱含着各种野花的甜美香气，还带着一股五月阳光的味道。

我看到油桐、蒲桃、相思树竞相开花，小路上可以看见各种落花混在一起的有趣画面。相思树正弹放着小棉球般的金花，山风过处，缤纷如疏雨般落下。这金雨落在沙罗树上，在月桃的大叶片上，在小径上，在穿过相思树林的山沟里，在山涧的小漩涡上……

随着小路深入林中，空气因为注入了金银花以及山黄栀花的浓香，变得有些黏稠，让我觉得必须用些力吸气，才能把这饱含许多野花香味的空气吸入肺中。

循着香味，我找到了爬在小乔木上盛开的金银花。它在未开花时，非常不引人注意，我也一直不曾察觉它的存在，直到此刻嗅到这熟悉的香味，我才颇感惭愧。因为，金银花一向是我偏爱的野花之一，它香气怡人，花朵朴素高雅。我童年时，常采摘它卖给中药房以换取极微薄的零用钱。

每次闻到金银花特殊的香味，或瞧到它悦目的小花，都会想起那苦中带甘的童年，那花香总是引来我们这些村童对冰棒无限的遐思。

走近盛开的山黄栀，它的浓香令人呛鼻。幸好在这片森林里也不过两株，而且是长在山崖上，香味被山风散播得很广很远，也变得浓淡适宜，令人舒服了。

山黄栀的花朵如金银花一般，初开时是白色，快谢时转为橙黄色。从稍远处欣赏，好像是挂在小树上的金星、银星，令人着迷。

一路上有许多蜥蜴、石龙子被我的脚步声惊逃，脚边经常有小蟾蜍急急忙忙地跳开，我看见树干上爬着好多毛虫，偶尔有斑蝶自盛开的鼠刺花上飞起。

小径穿过一小片笔筒树林，在五月的阳光下，它不若往日那般幽深，而有一种古老的幽丽，令人恍如回到了侏罗纪的时代。走在这样的幽林里，有如走在时光隧道、走入自然史，脑中充满着许许多多的幻想。想着出没在这种树林里的高大恐龙，也沉思它们瞬间的消失，以及今天多少学者为着恐龙灭绝的原因而争吵，但我有不同的看法。

走过笔筒树林，在一块长着青苔的枕石上，我发现了几朵桃色的小小落花。我蹲下来仔细瞧瞧，知道我头上的大树顶上，有一株酸藤提早开花。通常这种攀爬在别人身上生长的酸藤，总在五月下旬才开花的。步行在森林底下，不易看见树冠上的花朵。所以，我常以落在地上的花朵，来推知大树顶上开花的情形，像锦兰、瓜馥木、酸藤等巨大的攀藤植物，我都靠落花来知晓它们的开放。

随太阳的升高，森林里逐渐暖和，也随之热闹起来。大冠鹫此起彼落的哨鸣，从高空传遍森林。我从树隙上望，偶尔可以瞥见几只在蓝天上盘来旋去。几只竹鸡在树荫深处激昂地分边对叫。小卷尾在树梢上震着双翅，发出高亢的歌声。五色鸟、树鹊、红嘴黑

郁郁苍苍的台湾的森林。

暮春初夏的低海拔森林,美得令人屏息,只是懂得欣赏的人并不多。

油桐花盛开时,好像初冬的积雪一般。因为四月是它通常开花的季节,所以有人以"四月雪"来称呼它。

叶色深暗的相思树是森林中不易引人注意的树种，但它一旦开出一树的金花，便立刻成为森林的明星之一。

酸藤多攀爬在大树上,当它开花时,常被人误以为是大树开花。

酸藤属于夹竹桃科,花虽小却甚美而多,盛开时有如彩色沉雾。它的叶片有酸味,故名酸藤。

油桐、相思树、蒲桃三种乔木的落花混在一起,使阴暗的小径一下子明亮美丽起来。

鹎、绣眼画眉都加入了，谱成了这首暮春初夏的山林交响乐。最后因为加入筒鸟幽远的木管声，这首交响乐达到了高峰。

聆赏着自然的乐章，我慢步前进，突然近处一长串如小犬吠叫的赤腹松鼠求偶声把我惊醒。穿过枝叶的间隙，我看见一只雄松鼠在横干上如呼似唤地吠鸣着，它那膨胀的大尾巴正随着每一声吠叫而往上弹起又落下。我想，它正为自己的情歌打着拍子，以免因为意乱情迷而乱了节奏。

依我的经验，这种初暖乍热的日子，也正是一些无毒的蛇最喜欢出来晒太阳的时候。我正这样想着，就看见一条刚蜕去旧皮、换上鲜亮新衣的红竹蛇，正悠闲地卧在深褐色的落叶上，展示它的新装。它感受到我的謦音，害怕地盘了起来，并装出一副又凶又毒的样子，还直对着我做攻击状。我知道它的无毒与胆小，拍了几张照片，便扬长而去。

小路逐渐接近山谷里，林木变得较为稀疏矮小。这里好几年前曾被开垦过，现在小乔木、灌木、桂竹、五节芒争长着。几只草蝉在草叶上发着单调的鸣声，应和着近处小溪涧不变的淙淙水声，仿佛一首简单却不断重复的童谣。

两只艳丽的五斑虎蛾在小乔木间快速地飞飞停停，斑斓的颜色极为惹眼，这正表示它的警告——我不是好惹的。虎蛾飞行力甚强，又非常敏感，要接近拍照颇为困难。

我在树底下不动地站了片刻，它在我前面不远的水冬瓜树上歇了下来，让我有机会按下快门，但快门声又立刻把它惊飞。

山涧边上，有几畦菜园和一方种着茭白笋的小池，池上长满了绿色的浮萍，许多蜻蜓、豆娘正利用这美好的日子交尾产卵。相思树小花断断续续地从上方的林子飞落，点缀着铺盖池子的绿毯，这是森林为这充满喜事的地方送来的祝福。

一条两米长的蛇——过山刀,正在涧边的小径上懒洋洋地晒太阳。为了避免打扰它的春梦,我稍稍绕路,它却很有礼貌地抬起头来,并对我吐舌头致敬。过山刀是我在山径上最常相遇的蛇类,它的保护色及胆小、轻悄的性格,加上快速逃跑的本事,一般人还不容易发现它呢!我帮许多山上的朋友抓过误入他们家的蛇,其中山刀是最温和的,从未有恼羞成怒而想咬我一口,虽然它们的个子大得吓人。

越过山涧时,我发现水中漂着众多的油桐落花,有许多落花在小瀑布下的漩涡中不断地回转,形成了一幅美丽又神秘的画面,好像隐喻着前头有什么美妙事物。

小径越过山涧到对岸,然后斜升入正盛开到顶点的油桐林里。迎面而来的是许许多多雪片一般飞落的油桐花。它们飘荡着、旋转着,好像仙女散花一般,落在姑婆芋的大叶片上,在野姜花的层层叶上,在我的帽子上,也把整条山径铺上了油桐花编织的白色长地毯。空气中满含着浓淡适宜、令人愉悦的花香。

大自然今天用这么隆重、优美又热情的场面,回报我半年来上百次的造访,这比欢迎国王或总统的红地毯还要美丽、庄严、高贵,因为它只使用一次。我战战兢兢地踩着落花前进,唯恐脚印破坏了这稀世白花地毯。但令我惊奇的是,新的落花立刻修补了我踩过的地方。这是大自然完美的设计,一条活生生的铺花小径。我微醉着、不由自主地、轻轻地被引向林中深处。有那么一刹那,我认为自己已丢弃了躯壳,正轻松自在又满足地走上通往更高境界的地方。也只有像我这样深入、珍惜大自然的人,才会受到邀请,才能找到这条美丽的秘径。在这片林子里,我品尝着台湾低海拔森林的美好与曼妙,全身浸满了幸福,但是在满怀欣悦的内心深处,却逐渐涌出一般积郁许久的悲愤。因为就在这林外,滥挖的道路好像带状疱疹的横行,滥建的庙祠以及违建的土鸡城好像雨后毒蕈冒出,下方的山涧被粗暴的水泥砌成惨不忍睹的排水沟……

每次看到这样的大地,总禁不住为养育我们的台湾母亲被不肖的子民糟蹋而心痛、悲愤。十年前写下的小诗——"悲台湾",在今天看来,更加令人伤心也更加贴切:

三十岁的母亲,
却有八十岁的衰老颜容,
只因为生养了一群,
不肖的台湾子孙。

只要发现林荫下蒲桃的落花,那么抬头即可望见一树烟火般的蒲桃花。

山黄栀的花像金银花一般,会由白转黄,是一种美丽又有奇香的野花,其果实是重要的黄色染料。

金银花又名忍冬,初开时为雪白,次日转为金黄色,故得名金银花。

高唱着情歌的雄草蝉,正把一只雌蝉吸引过来。

蜓蜥是森林底层常见的小动物，总爱在早晨做日光浴。

艳丽的五斑虎蛾以鲜艳的颜色吓唬敌人，所以它在白天活动而不怕众多的鸟在一旁虎视眈眈。它的飞行能力甚强，很少停歇下来。

落在野姜花叶片上的油桐花,别有一番趣味。

红竹蛇为无毒蛇,但会装出很凶猛的样子来吓退敌人。它全身泛红,并有如竹子一般的节理,故名红竹蛇。

过山刀身材修长,背脊突起如刀口,是一种无毒蛇,行动敏捷,以野鼠、青蛙为主食。

山涧漩涡中的油桐花,有一种诡异的凄美。

为了回报我上百次的拜访,大自然今天将整条山径铺上油桐花编织的地毯,隆重、优美又热情地将我引入幽林深处。

湿地有歌

每一块湿地,都有一首歌,

从宜兰、桃园、新竹、台南到屏东,

各有各的歌手,各唱各的调。

水雉只在菱角田跳舞,

台湾萍蓬草只在桃园台地绽放,

长叶茅膏菜只在竹北山谷伸展。

有到处赶场的雁鸭、鹬鸻、白鹭,

也有即将失去生态舞台的青鳉鱼和长柄石龙尾。

龙銮潭湿地群　屏东·恒春

　　紧邻垦丁"国家公园"的龙銮潭北堤，有一片许多沼塘相连而成的大片湿地。其中靠近龙銮潭出水口处，有一方三塘并连而成的湿地，其间散布着成团成簇的蔺草和莎草，四周则被茂盛的岸草——节节花、长梗满天星、狗尾草、白茅、甜根子草所包围，形成了一个独特、复杂又而充满生机的生态天地。

　　我对这片自成一系的湿地自然生态，尤其是在这儿出没的各种鸟，陆陆续续做了六年的观察、记录与摄影。每当我闭上眼睛，几乎可以把这方湿地一年来的生态变化，在脑中重新上演一遍……

　　当秋风乍起，岸边甜根子草的突枝上，或是与龙銮潭堤相隔的围篱边，总会出现几只静静伫立的红尾伯劳。它们有时会俯冲入草中，叼起一只蚱蜢或青虫，再回到原地慢慢享用，偶尔还会"嘎！嘎！嘎！"地大声警告不小心越界的邻鸟。而长长的围篱上，偶尔也会有一两只蓝矶鸫插队其中。

　　到了十月，落山风开始狂肆，许多雁鸭、鹬鸻也逐渐现身。前者在深水区漂浮，后者在浅水中觅食。偶尔大白鹭、苍鹭、紫鹭也落了下来，在日渐枯黄的莎草间，像君王般踱着步子。有时成群路过的高跷鸻也会停下来打尖几天，我还见过落单的黑面琵鹭在这儿歇了数日。整个冬季里，水面总浮泳着雁鸭群，有小水鸭、尖尾鸭、琵嘴鸭……它们常在这里表演水上芭蕾，整齐的舞姿，赢得我大量的底片。这些度冬的候鸟在三月中开始陆续离去，此时水中的挺水植物正冒出水面，等到冬候鸟全离开时，这片湿地也开始进入它最丰美的季节。

当地原生种的鸟类开始活跃了，灰头鹪莺、褐头鹪莺最先在草叶上高声鸣叫，它们个子虽小，但只要三两只就可以把这片世外桃源炒得热闹滚滚。不久，新换上亮丽夏羽的鹪鹃也"咕！咕！"地在甜根子草顶鸣唱。乌头翁来了，翠鸟也静静地站在斜出水面的狗尾草上。

在这时节，我常看见红冠水鸡在波平如镜的水面上，画出一条条笔直的水线，或是在贴地的节节草覆盖的土堤上追打。那场面很像李安电影中的武打镜头——不同的是，电影里是男生打斗，而红冠水鸡却是女生为了争夺男生而打得死去活来。

有一次，我看见两只红冠水鸡激烈地缠斗在一起，彼此双脚互相紧紧钩抓着不放，再用双翼猛力拍击对方，一只头冠鲜红发亮的公鸟竟然若无其事地走到一旁观战。那两只越打越凶的女侠，从草上滚落到浮着长梗满天星的池里，四扇挥击的翅膀激起的片片水花，在阳光下好似喷泉一般。那只公鸟还退后了几步，好像生怕水花溅到那身鲜亮的衣裳。

初夏时，我听见白腹秧鸡不分晨昏地在那丛岸草中，以略带凄凉的嗓音鸣叫。小䴙䴘则不声不响地在水草间时浮时潜，在水面留下一朵朵逐渐漾开的大水花。每当破晓时分，它还会发出一连串怪笑般的鸣叫，那声音很像山泽水妖的奸笑。而栗小鹭也在岸草间伸出融入草枝的长脖子，让人差点分辨不出来。

到了仲夏，小鹭鹚带着一群穿着白条黑底童衣的幼雏出来游泳，红冠水鸡则带着它那秃头的小孩沿着水边觅食，白腹秧鸡的身后也跟着它那长脚的孩子，在岸草间漫步。这样的一方沼泽湿地深深地吸引着我，遥遥地从台北来到垦丁……但在一九九一年的初秋，这片湿地被填去了大半，主人在上面种起了槟榔和椰子，他说听到了风声，垦丁"国家公园"管理处即将征收他的土地。人人都怕被官方征地，因为补偿的地价只有市价的十分之一，所以要多种一点"农作物"，才能多得一点补偿金。

一九九五年，垦丁福华饭店获准兴建，因为建筑物的高度限制，饭店为了增加空间而往下发展为地下三层建筑，挖出的大量弃土，竟然就倾倒在龙銮潭北侧的大片沼塘里。

这片美丽丰富的湿地就此寿终正寝。

上图 黄昏下的湿地柔美而神秘,水鸟剪影水草间,大自然的生命力在这里跃动着。

右图 红尾伯劳是最早到达台湾的冬候鸟,它们大多在停歇一阵子后,继续飞往南方,少部分会留在台湾过冬。

下图 蓝矶鸫紧随着红尾伯劳的脚步,也来到台湾了。

动作整齐划一的水上芭蕾,
经常在这里免费演出。

褐头鹪莺衔草在岸
边的草丛中筑巢。

灰头鹀莺在岸边的飞蓬草
上放声鸣叫。

挺水植物枯了，空出大片的水面，正好作为雁鸭的舞台。琵嘴鸭上场了。

一只红冠水鸡中的女侠，正在追打另一只落败的女侠。

初夏各种水生植物滋长,长梗满天星在盛夏里开出了白色的花球。

身材巨大的紫鹭在深秋时过境台湾,总有几只会在这里打尖,然后再踏上南去的旅途。

小䴙䴘带着四只幼雏出来觅食。

水草葳蕤,引来小白鹭流连其间。

上图　水牛徜徉，鹭鸶点缀其间，高跷鸻翩翩飞临。龙銮潭北边的湿地呈现出丰饶又生动的生态天地。

左页图　这片美丽的湿地在福华饭店大肆开挖地下楼层的废土倾倒下而遭受池鱼之殃，就此消失了。

双连埤　宜兰·员山

在宜兰县员山乡的西侧，有一个由雪山山脉支系、海拔约七百米的山岭所围成的大片沼泽湿地，它就是赫赫有名、具有台湾原始自然之美的双连埤湿地。十三年来，我常到这里来观察、摄影，深深为沼泽形貌的多变与物种的丰饶而惊叹。

双连埤原来有两片池沼，最早有一群客家乡亲来此开垦，客语称池子叫"埤塘"，因为这两个池沼有涧沟相连通，所以称为双连埤。上埤较浅也较小，后来被填土开发成水稻田，下埤则一直维持原貌。沼泽虽然只剩一池，但依然被称为双连埤。

双连埤是台湾目前唯一有天然浮岛的池沼。这浮岛是千百年来由水草堆积，加上岸草羊齿植物以及灌木萌长其上，而形成今日浮在水上的厚厚草地。行走其上，会感觉到有浮动的弹性，若在一处站立久了，脚底的腐草会慢慢渗出水来，体重越重，渗水越多也越快。这浮岛呈舌状伸在池中央，舌尖几触对岸，也因此看来如两池相连。有趣的是，这浮岛常受风的影响而移动，尤其是台风来袭时，更让它成了形貌多变的姑娘。

这里的水生植物种类之多，更是得天独厚。在这约二十公顷的湿地里，竟有多达八十几种高等水生植物。"这样丰富的植物相，世界其他湿地也难与之匹敌。"多年来调查双连埤水生植物的林春吉这样说。此话一点也不为过。

但近十年来，池水常遭泄放，导致水位下降，岸草入侵。再加上候鸟带来了新的水生植物，如白花穗莼、黄花狸藻等，也逐渐改变了池中的生态。原本池中最强势的沉水植物——长柄石龙尾，现在已被外来种植物排挤到边缘。往年初夏到初秋的水面，常装扮着野菱的粉红小花及长柄石龙尾的粉紫花，现在则被黄花狸藻的黄色小花及白花穗莼的白色小花所取代，野菱的粉红花也被抢了光，仅成了点缀而已。

双连埤不只植物相丰富，多元的动物相也令人刮目相看。林春吉就曾在池中找到在台湾消失多年的青鳉鱼，这让双连埤的名声更加远播。

夜晚更能感受到双连埤野生动物的丰富，尤其是夏夜，幽幽荧光四处飞舞，众多的鸣虫——各种蟋蟀、骚斯、螽斯，和着节奏强烈的各种青蛙一起鼓噪——贡德氏赤蛙、腹斑蛙、白颔树蛙……间或穿插翡翠树蛙、莫氏树蛙、黄嘴角鸮的木管，以及中国树蟾、面天树蛙的短笛，交织成一首"仲夏夜之梦"的交响曲。

不过，这么丰饶的生态环境竟属于私人土地，地主多年来积极想把这片生态丰饶的古老湿地，开发为水上游乐区及水上餐厅。虽然宜兰县当局用尽各种法条加以阻止，民间人士也对地主晓以大义，但能否留下这片台湾甚至世界最难能可贵的湿地，真的只有天知道。正如地主在接受电视台访问时所说："都是你们不让我开发，才会有这么多的动物、植物跑到这里来！"

这样的逻辑实在令人啼笑皆非。果然，就在二〇〇一年年初，地主再度雇用挖掘机大肆开挖，即使宜兰县当局连续开单处罚，但他这回好像真的铁了心，丝毫没有松手的迹象。

一九九五年初夏的双连埤,野菱是池中的主角。

一九九五年盛夏,长柄石龙尾与野菱的花朵把水面装饰得气质非凡。

一九九六年长柄石龙尾在深水处生长的情形。

长柄石龙尾的花朵虽小,却别有一种不俗之美。

一九九八年,长柄石龙尾逐渐边缘化。

黄花狸藻的花朵。

叶斯不易发现,它常藏身在树上。

上图 二〇〇〇年，黄花狸藻取代了长柄石龙尾。

中图 白花穗莼也夺取一方。

下图 池水泄放之后，野菱就行将干死。

莫氏树蛙在池边的姑婆芋大叶上鼓囊鸣唱。

中国树蟾的鸣声有如短笛。

翡翠树蛙的鸣声最是动人。

面天树蛙的鸣叫有如幼鸭的呼唤。

因为水位下降而岸草入侵，导致双连埤日渐萎缩。

地主正大肆开挖的情形。

台湾萍蓬草　桃园·龙潭

　　在桃园县龙潭靠山的丘陵间，有一方隐藏在防风竹林里的小池塘，四周青草葳蕤，岸树垂掩，水面波平如镜。一阵穿林而来的凉风，微微吹皱这映着北台湾夏日的蓝天白云，几波涟漪之后，池面又逐渐恢复了盛夏天空的清明。

　　紧靠着岸草的水中，长着一簇簇有如睡莲的水生植物——台湾萍蓬草，它开着一朵朵如黄金打造的花朵，自田田浮叶间挺水开放，不只使这池子美丽脱俗，也使人确信这是沼泽仙子幽居的家园。

　　一只小䴘鹛在萍蓬草叶间时而穿露出身子，时而沉入水草间失去踪影，一会儿又见一枝黄花颤动，小䴘鹛接着又从花枝边冒出头来。在这池清净的水潭中，还有台湾特有的盖斑斗鱼，不时从水草间浮起，吐着小泡沫来营造爱巢。它那斑斓的体色及飘逸多姿的长鳍，能使最没有美感的人也为之着迷。

　　几只黄黑相间的彩裳蜻蜓，在青葱的池岸禾草间如彩蝶般追逐嬉戏、飞飞停停。艳丽的紫红蜻蜓在金色的萍蓬草花上倒立，纤细的豆娘则在花间悠闲地缓缓飞行，偶尔一只鲜艳的孔雀蛱蝶低低掠过水面，飞投对岸。这些小小的生物，使这一方小池子变得生动亮丽。

　　台湾萍蓬草是台湾水生植物中最著名的一种，对台湾岛尤其别具意义。萍蓬草属于温带性水生植物，主要分布在北美洲及欧亚大陆北部，而台湾萍蓬草是世界萍蓬草分布的南限，是冰河期遗留在台湾的孑遗植物。

　　更难得的是，因为候鸟，特别是雁鸭的迁移，水生植物总被广泛传播，因此在世界各地少有特有种的水生植物，但台湾萍蓬草却是台湾特有种，颇引起国际自然学家的重视。从园艺学家的角度来看，台湾萍蓬草也是世界所有的萍蓬草中最美丽的一种，因为它金黄的花瓣中有着鲜红色的花心,这是其他萍蓬草所欠缺的。但遗憾的是,这么珍贵的植物,却由于不当的开发而濒临绝种。

每次来此小沼塘拍摄之余,我总要靠坐在岸树的凉荫下,忘我地陶醉在这美丽的风景里,深深为这些台湾特有种生物的存在而感动。在这小小的一方池子里,我窥见了台湾原貌之一斑,果然是一花一天堂。

可是,这一方小小的世外桃源竟在一九九二年的夏末被填平了,因为"北二高"(台湾地区第二高速公路的北段)就打它旁边经过,为了造路方便,湿地就此消失,永远地从台湾岛上消失了,连同池里的盖斑斗鱼以及台湾萍蓬草。

记得好几年前,法国在建造一条著名的高速铁路时,生物学家们发现,有一段铁路会妨碍一种法国特有的青蛙回沼泽交配繁殖。为了保护它们,高速铁路改为高架桥,工程费也多了好几亿法郎。这种尊重自然的精神,绝不是暴发户所能了解的,而一个国家,一个地区的文化、文明,正从这些地方表现出来。

台湾萍蓬草为莲科植物,台湾特有种。同时它也是世界萍蓬草类分布的最南限。

台湾萍蓬草分布在台湾中北部的内陆沼泽池塘里，但因为土地的开发与经济环境的变换，池塘纷纷被填而导致台湾萍蓬草濒临绝种。

全世界所有的萍蓬草所开之花皆为黄色至金黄色，而台湾萍蓬草除花瓣为金黄色外，其花心则为鲜红色，这使它格外受到瞩目。

台湾萍蓬草的生育池一个接一个消失,导致它濒临绝种。

每一个气泡下都有一粒盖斑斗鱼的鱼卵。

雄盖斑斗鱼正在护卫鱼卵。

彩裳蜻蜓在台湾萍蓬草间飞飞停停,很容易被误认为彩蝶翻飞。

紫红蜻蜓在台湾萍蓬草的花上倒立。

小䴉䴘在花间觅食。

水　雉　台南·官田

　　仲夏的倾盆大雨泼泄在台南官田葫芦埤四周的大片菱角田里，这是台湾最后的一片菱角专业区，生产的菱角行销各处、远近驰名。有一种栖息在这片湿地上的水鸟，近几年来成为全岛爱鸟人士的关怀焦点，那就是美丽、高贵又风度翩翩的水雉，俗称菱角鸟。

　　大雨终于停歇，一只红冠水鸡走向离我不远的菱角田中央，那里有个以菱角茎堆砌成的突起巢窝，上面蹲伏着另一只红冠水鸡，我知道它要去换班孵蛋了。

　　在我正前方稍远处，一只亮丽、身材优雅的水雉正慢条斯理地筑巢，另一只则在附近踱步，仿佛在监工。偶有第三者飞来，这位监工立刻飞迎过去，几番追打，很快地将第三者赶走。

　　每当水雉展翅飞起，它脖子上金黄的饰羽及雪白的双翅，衬在乌黑的身羽上，伴着飘逸的黑色尾羽，总让人为之惊艳，也因此博得"凌波仙子"的雅号。

　　在我右方稍远处是一条宽阔近乎滞留的水道，里面长满了各种水草，沉水的、浮水的、挺水的……我从望远镜中看见一处绿色浮萍铺面，其间长着疏疏落落的挺水禾草，有只雄水雉正在孵蛋，它那引人注目的亮丽羽毛，在疏草中若隐若现。

　　就在雄水雉左边约三十多米的水面，一群红冠水鸡一字排开，一面啄食浮萍和小虫，一面缓缓朝水雉靠近。

　　读者必会质疑我怎能确定它是"雄"的，那是因为水雉和彩鹬都属于一妻多夫制，母鸟产下蛋后即交给公鸟去孵，而母鸟则离家出走交新男朋友去了。公鸟不但要孵蛋还要带小雏鸟，所以，在野外只要是看见孵蛋或带雏鸟的水雉或彩鹬，都是令人要大叹"男人真命苦"的公鸟。

水雉突然略为起身，采取半蹲半站的姿态离开以水草简单筑围的巢，到了五米开外才挺直身子，昂首凝视面前这群正低头向前推进的红冠水鸡。水雉不直接从巢中挺起，是为了不让敌人发现它的巢，正如它回巢时也是先降落在几米外，注意四周的动静，然后才低着身子，借着禾草的掩藏悄悄回巢。

水雉全神贯注地瞪着那群埋头边食边前进的黑鸟，突然间，它猛地一下跳起展翅，低低地朝红冠水鸡冲去，立刻就朝鸟群其中一只扑下，受惊的群鸟四散跳开。水雉朝着这群敌人展开追打，只见一团雪白的影子来回朝骚动的黑色影子冲锋陷阵，把黑色的敌人打得落花流水，向后逃窜。那景象有如武侠电影中，穿白长衫的侠客杀退一群着黑色劲装的敌人一般。

水雉腾空飞起，出色的飞姿衬着绿色的湿地，风度翩翩地凯旋而归。

寒冬之际，我再度来到葫芦埤湿地。原来深绿色的菱角田，变成一片褐色的大地，农人采收后的菱角枝叶全都枯萎了。我用望远镜搜寻许久，才发现换了暗色羽毛的水雉聚集成群，在褐色的菱角田中觅食。

每当我移动时，它们立刻凝住当下的动作，保持原姿势不动，就像正在跟我玩"一、二、三，木头人！"一样。我从望远镜中看见它们有的侧头、有的低头、有的歪头、有的翘尾……一动不动地维持着各自原来的姿势，那情景令人莞尔。直到我伏下来，它们认为危机解除了才又继续觅食。

冬天的葫芦埤相当热闹，大批来台湾过冬的候鸟选择了此地，高跷鸻及多种雁鸭随处可见，有时还会看见水雉、红冠水鸡、高跷鸻及雁鸭混杂共处，煞是生动热闹。

但葫芦埤湿地丰饶的生态，却因即将被台湾高铁穿过而蒙上阴影。幸好岛人已逐渐了解自然生态的重要,加上台湾高铁董事长殷琪非常重视水雉的未来,最后的解决方案,是在葫芦埤边租下大片田地种植菱角,让水雉自然移居过去,这群台湾最后的凌波仙子终能再度展现自然魅力。

葫芦埤上游是一条宽阔近乎滞流的水道,形成大片美丽丰饶的湿地生态。

葫芦埤四周是台湾最大也是最后的菱角专业区。

筑巢在菱角田上的红冠水鸡正在换班孵蛋。

刚刚配好对的水雉,双宿双飞。

一只亮丽的水雉翩翩飞舞在湿地上,形成一幅生动优美的画面。

一只孵蛋中的雄水雉飞落红冠水鸡群中展开攻击,好像武侠片中的男主角,一个人把众"坏人"杀得落花流水。

彩鹬和水雉一样是一夫多妻制,雄鸟要负责孵蛋、育雏,所以育护小鸟的一定是"男人真命苦"的公鸟。

把入侵者驱走后,雄水雉威风地在巢的四周巡视警戒。

初冬的菱角枯萎了,水雉也换上了较黯淡的冬羽,这使它有不错的保护色。若有任何动静,它们立刻保持原姿势不动,以避免被发现,那情形好像它们正在跟我玩"一、二、三!木头人!"的游戏。

虽然是冬羽,水雉飞翔时仍然亮丽迷人。

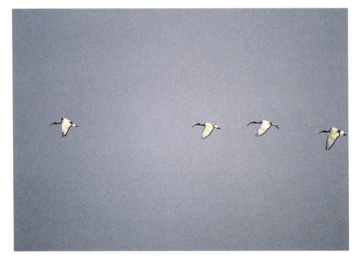

从野生动物园逸出而驯化的埃及圣鹭也在葫芦埤定居。

寒流来袭时,众多的高翘鸻从滨海飞来葫芦埤避寒。远处的牌楼正是葫芦埤入口的标的。

冬天的葫芦埤湿地里,各种水鸟和平共处,有各种雁鸭、高翘鸻、红冠水鸡、水雉……

长叶茅膏菜 新竹·竹北

  我蹲踞在一棵没有叶片的奇怪植物旁边,它大约三十厘米高,从茎上长出由叶片退化而成的绿色枝状叶,每一枝叶子上长满了微红色的纤毛,毛的尖端则挂着一粒粒发亮的水珠。这些水珠其实是植物分泌的天然黏胶,但看起来却非常像可口的蜜露,吸引着爱吃甜食的昆虫进入陷阱。它就是食虫植物——长叶茅膏菜。

  我看着一只长脚虻停在叶片上,细细的长脚立刻被黏住,它奋力抽动着脚、挥动着薄翅,想挣脱这只可怕的怪物。但脚却越黏越紧,不久连翅膀也被黏住,最后终于陷入不能动弹的绝境,成了长叶茅膏菜的大餐。

  另一株长叶茅膏菜上,一只小飞蛾也陷入同样的窘境中。它们最后都会死去,而陷阱的主人则会分泌消化液,将猎物体内的组织消化吸收,只留下尸骸。我们在较老的枝状叶上,就可以发现各式各样的虫骸,如小蜂、果蝇、蚋……

  这些长在新竹竹北市向海山谷湿地上的食虫植物,正是台湾最后的一小片长叶茅膏菜。过去,它们是苗栗以北湿地上常见的植物,现在竟然因为开发而濒临绝种。幸好荒野保护协会新竹分会会长刘月梅,长期在这块长叶茅膏菜生育地上从事观察研究,才得以保住这台湾最后的群落,当局也在三年前将这块土地交给荒野保护协会托管。当时只剩三十九株的长叶茅膏菜,在二〇〇一年夏天,已经复育了两千多株。

  这块湿地最大的危机,还是来自环境的改变。水源的减少让砂土不断堆积,使湿地逐渐陆化,以至于野草、蕨类、树木等外来植物入侵,长叶茅膏菜因而少了安身立命之处。要复育这些食虫植物，除了要人工拔草并播种，还有一种野生动物也帮了不少忙，那就是野鼠。

野鼠常常会挖掘入侵湿地的野草，并以草根及土中昆虫为食，不但有局部除草的效果，它挖起的大量砂土盖在野草上，也会形成新苗床，而混在砂土中的长叶茅膏菜种子，就有了发芽生长的机会。

刘月梅老师的一位学生认真地对我说："原来野鼠也有可爱的地方！"其实大自然的生物都各有贡献，只有人，因为短视的经济角度或自身的利害关系，才会产生"好"与"坏"、"益"与"害"的偏见啊！

在这块湿地上，还长着另外三种食虫植物：小毛毡苔、金钱草及长距挖耳草。其中的金钱草也是台湾最后的幸存者！此外还有其他稀有的水生植物，像田葱、桃园草等。

在二〇〇一年九月的北部大水灾中，这块湿地遭受山洪及泥石流的严重伤害，不过经过荒野保护协会半年来的努力，目前正在逐渐恢复。台湾因为有越来越多人加入荒野保护协会这类的民间非营利组织，一同关心周遭的自然环境，台湾的环保生态终于露出了一线曙光。

这片小谷地是台湾长叶茅膏菜最后的生育地。

长叶茅膏菜生长在贫瘠开阔的湿地上。

金钱草外表酷似小毛毡苔，但它的匙叶较大，颜色偏绿，目前也仅在这个山谷有它的最后身影。

左图 叶片纤毛的尖端分泌有类似蜜露的黏液，引诱昆虫步入黏胶陷阱。

右上图 一只小蛾因为贪蜜而身亡。

右中图 一只长脚虻落入陷阱，再也无法脱身。

右下图 长叶茅膏菜的花瓣为白中带有微紫。

长距挖耳草是一种静水中的食虫植物,它的花小巧可爱。

野鼠挖草根所掘起的沙土成了最好的苗床。

野鼠掘出的沙土上,第二年就出现了长叶茅膏菜。

一旦野草入侵,小毛毡苔将渐渐消失。日照愈充足,它的色泽愈红。

上图　湿地生态环境的改变，使得野草及蕨类入侵，妨碍了长叶茅膏菜的生育。只有高大的田葱尚能争得一席之地，叶尖挺的就是田葱。

左图　田葱。

下图　刘月梅老师带领学生及荒野保护协会的义工正在观察食虫植物。

花莲自然散记

五月正是万物滋生的季节，
野花怒放，
动物交尾。
我选在这美好的时刻，
来到台湾最后的净土——花莲，
以镜头与文字记录下这一篇章。

海岸林

在花莲七星潭北边,有片绵延数公里长的海岸林,中间有一条海防战备道路纵切而过。它是三栈通往花莲市的"秘道",因为一些大沙石车常绕经此路,以躲开省道上交通警察的拦检。

道路的东面、靠海的一边是木麻黄林,夹杂着少许山黄麻、铁刀木,西边是玫瑰桉、垂尾桉及赤桉的人造林,这些树蔚成了一片深幽的海岸林。

不管是冬天还是夏天,打这条路走过,我总会遇见许多大自然的朋友。有时是竹鸡成双成对地横过路面,有时是母鹌鹑带着几只小不点,悠闲地踱过马路。

这片林子最让我吃惊的是,今年四月下旬,也正是暮春初夏的季节,林子中的每一棵树,都会有一只山大王——箕作氏攀木蜥蜴据守在那里。它或伏地挺胸向着邻树的大王示威,或把自己的下巴高高抬起,好让别的大王看见它那威风的领巾。

有时候,攀蜥会因为争地盘,不,应该是争"树盘"而互相追逐撕咬,从这棵树的树枝,一下纵跳到邻树上;有的则是被逼落地面，然后仓皇地逃开。

每当我在林中走动时，附近许多树干上的攀蜥都会探出头来注视我。那时我觉得自己仿佛走入童话里，也好像回到那两栖爬虫称霸的洪荒时代。

四月的最后一个日子，我沿着一条小路穿过树林。一路上，我数着所看见的大王，走了大约两百多米的距离，我数到了七十四只。由此可以想见，这座林子里住有多少好汉了。

我说是好汉，乃因为七十四只中，有七十二只雄的，只有两只是母的。这两只母蜥躲在灌木丛的小枝上，相当不易发觉。我猜想，雌蜥绝不会如此稀少，它们只怕是为了躲避大王们的"强力"追求，才不敢上树而宁愿躲在灌木丛草堆里，而雌蜥的保护色又比雄蜥好，所以更加难以发觉。

我看见的两只雌蜥，都一动也不动地隐在灌木枝条上装枝扮藤。无论我是从侧边，或从正前方接近它，它一概不理，视若无睹。反正它很有自信地认为，你尚未发现它。

后来，我靠得很近去拍照，不慎触动了承载它的树枝，它才开始转动它那双好像潜望镜般的眼睛，直视着我的镜头。

我以为它要准备逃窜了，可是出乎意料，等我再度接近时，它竟张嘴露牙恐吓我。

雌蜥的勇敢令我大为敬佩，比起那些看似威风，却稍有一点风吹草动，就立刻逃之夭夭的雄蜥，真不知要勇敢多少。

这一片海岸林是我见过全台湾最多箕作氏攀木蜥蜴的树林。此外，我遇见的蜥蜴还有中国石龙子、丽纹石龙子。它们大多悠闲地待在有阳光穿入的树荫下，静静地享受日光浴。

当我行经附近时，它们不像往常那样胆怯。我猜，它们差不多也进入春情乱动、色胆包天的时候了。

在桉树林里，除了攀蜥众多外，星天牛也随处可见。这种黑底白点的甲虫，有的簌簌缓飞，有的在树干上交尾，有的正用"力"嘴在树皮上咬开一个生殖穴，有的则用它的锥形尾对准树穴，一面扭动一面产卵。

几乎每一棵桉树的树干上，都有许多被星天牛产过卵的浅穴，这是我看过最多星天牛的一座林子。这些桉树都是从澳大利亚引进的树种，大概也无法抵挡台湾星天牛的摧残。

我常想，台湾有那么多的乡土树木，它们又能适应台湾的水土，我们实应多加利用。就像在园艺上，我们也应该学习欣赏本土植物，可惜，我们之中有很多同胞，都患了一种"近庙欺神"的病。

五月五日，这片海岸林发生了一个让我目瞪口呆的现象——突然，整座林子里再也找不到一条攀蜥，也发现不到一只星天牛的足迹。

我在林子中转了一圈，才找出答案，原来是来了好多好多的红尾伯劳。

这是一个非常有趣的现象。那些从南方热带过冬北归的红尾伯劳，在四月底陆续抵达台湾南端的恒春半岛，但因为遭遇五月一日到三日台湾西部的连日大雨，很多被迫取道东部，并纷纷在五月三日、四日涌到花莲地区。

这些成千上万的肉食性过境鸟，一下子就把桉树林里的星天牛捕食一空，当然也吃掉了一些攀蜥，而其余幸存的攀蜥则躲入草丛灌木中，躲避这突然降临的灾祸。

五月八日、九日，打过尖的红尾伯劳，分批离开了花莲，继续它们遥远的归乡之旅。

五月十日，我再到林子时，发现有些大王露脸了，只是数量与胆量都大不如前。星天牛也出现了，从它们鲜亮的鞘翅看来，都是这一两天才新羽化的。

五月十二日，星天牛与攀蜥的数量迅速增加，但已无法回复到红尾伯劳过境前的盛况。我重数了那段小路上的攀蜥，数量已由原来的七十四降为三十八，其中还有九只雌蜥，比率明显地提升了。

十二日是雨后初晴的日子。到了午夜，气温已上升到摄氏三十二度，攀蜥益见活跃。当我正坐在木麻黄树下享用饭团时，在我的头部上方，一只雌蜥从横枝子跳跃到邻树伸展过来的枝条上，再顺势滑降到邻树的树干上。几乎同时，一只威风凛凛的雄蜥出现在离雌蜥下方约五十厘米的地方。

雄蜥横在树干上，略向上方弯着身子，把背脊上的棘刺挺得直耸耸的，并高高举起头，把它那黑白分明的下颔对着这位上门来访的大美蜥。这种姿势正是雄蜥"泡妞"、"把马子"的标准动作，也无非是向雌蜥展示它的雄壮、它的酷、它的帅。

一会儿之后，雄蜥倏然快速地奔向雌蜥。快接近时，雌蜥却突然从树干的另一端，快步向下跑去，然后停在刚才雄蜥停的附近，等于彼此互换了位置。这时，雄蜥又把那套泡妞的工夫再从头到尾表演一次，接下去又是反复地追逐、换位置。

当雄蜥第五次向雌蜥靠近时，雌蜥不再跑开了，这回它把长尾巴高高举起；雄蜥平行停在雌蜥身侧，并把下半身略弯向雌蜥，再把靠近的一只后肢跨过雌蜥的后肢上方。就这样，不劳媒人，不用仪式，它们在光天化日下，做了短暂的爱人同志。

这座林子里，住着一对筒鸟，雄鸟时常站在林中一株高二十几米的枯木麻黄树顶上，"嘟嘟，嘟嘟……"地鸣叫着。它的鸣声中有一种幽远、苍凉、深沉、回荡却又柔和的感觉。这美好的鸣声，总会令人为之驻足倾听，并为之动容。

当我在林子附近的野地拍照时，筒鸟的鸣声幽幽遥遥地传来，不意间挑起我一股浓浓乡愁的情怀，使我怀念起那充满虫鸣鸟叫、尚未被破坏污染的乡间。

有时，筒鸟会静默好长一段时间，而我从望远镜里又看不见它的踪影。这时，我会渴望知道它在哪里。

于是，我模仿着它的鸣声，它立刻有了回应，在林子另一边，回声般地响起，让我心中顿时充满喜悦。

有时，无论我如何地鸣叫，甚至声音变得有些凄凉，它仍然无动于衷。这时我的心中会升起一股惆怅，担心它已远离，甚至担心它已遭人毒手。

五月十四日下午，我站在离筒鸟鸣叫的桉木不远处，聆赏它动人的鸣叫声。过了一阵子，我突然看见另一只筒鸟疾驰而至，那鸣叫者立刻展翅斜飞而下，另一只则在后追逐。两只鸟像箭一样穿过树间，再像冲天炮一样从树间射出林梢，然后彼此倏然散开，分朝相反的方向飞去。

我愣了一会儿，随后我猜测，这林子里又来了一只雄鸟，现在应是要比武招亲了。

果然，不久我听到两只筒鸟的鸣声，分从林子的两端传来，整片林野一下子变得热闹起来。

在这林子里，我见过的鸟还有黑枕蓝鹟、乌头翁、绿绣眼、粉红鹦嘴、翠翼鸠、斑纹鸟、栗腹纹鸟、灰头鹪莺、大卷尾、红鸠、珠颈斑鸠以及树鹊。

幽静深邃的193公路,傍着七星潭海湾,一直被觊觎拓宽成水泥矿石车专用道,而完全无视那里的滨海美景与丰饶的自然生态。

临靠着七星潭海湾这大片的防风林,不止让景观优美,也使这一带成了自然生态非常丰富的地方。

张嘴露牙是母攀蜥退敌的招式。

频频做伏地挺身,再把脖子鼓起是公攀蜥"把马子"及向情敌示威的招牌动作。

林中的树干上,有的忙着追女朋友,有的忙着决斗争地盘。

正在交尾的星天牛。

星天牛的黑底白点是一种非常特殊的配色。

红尾伯劳北返经过台湾，扮演了春虫的杀手。

上图 筒鸟的鸣声幽远、苍凉、深沉、回荡却又柔和悦耳。

右图 只要黄头扇尾莺一拉开金嗓子,就立刻成为旷野的主唱手,它个子虽小,鸣声却婉转嘹亮。

下图 斑纹鸟在新植的桉树苗上活动。

旷　野

从海岸林朝西边内陆走去，出了林子就是一大片旷野。这是人类废耕之后，逐渐恢复野性的平地。

从旷野上所生长的野生植物，我大致可以推算出它们遭人弃置的先后顺序。例如时间最近的地区，仍可以看见木瓜或生或死的残株，其间杂草丛生。而日子稍久的，则绿草如茵，中间挺长着成簇成排、盛开着黄花的黄野百合。有些回归自然较早的地方，则已成为小乔木、灌木散布的疏林，那里早开的野牡丹、月桃，显得笑意迎人。也有一片是去年刚栽种的桉树小苗，一旁大花咸丰草喧宾夺主地恣意盛放。

这一片大旷野，在各种草木野花的装饰下，在挺拔壮伟的中央山脉陪衬下，美得很野，美得很花莲。它不只使我忍不住拍下大量的底片，也引我逗留了不少时光。在我回到西部后，它们时时出现在我的梦里。

这片旷野不仅仅只是美，而且自然生态非常丰富，尤其是野鸟，各种高高低低，旋律、节奏、音量不同的鸟声充斥原野，不绝于耳。我只用耳朵就可以辨别出它们。

番鹃稍带无奈与急躁，"嗰嗰嗰……"；大卷尾很少出声，但一开口就像广告似的，声势惊人；灰头鹪莺叫得如稚猫唤母；绿绣眼则是娇滴滴的轻哨，乌头翁习惯性做短促应答声，"得了，得了"；而黄头扇尾莺的鸣声最教我吃惊，它从一阵高亢嘹亮的旋律开始，中间转成宛转的调子，到结尾时，突然一下换成乌头翁的"得了，得了"，很难让人相信这三种完全不同性质的鸣声，竟出自同一张小嘴，出自一只娇小如金丝雀的野莺。

每次，只要黄头扇尾莺一拉开金嗓子，就立刻成为这片旷野的主唱手，它或在高草茎顶，或在电线上，常一面快速腾空高飞，一面撒下遍野歌声。

珠颈斑鸠则喜欢在众鸟歇止的片刻，适时地从疏林的相思树上，唱出优美的中音，那带着田园的鸣声——"布姑顾——顾——"使我仿佛又听见童年时同伴遥遥的呼唤，也让我想起美洲查拉几族印第安人的传说：听到斑鸠的鸣叫，表示远方有人正怀念着你。

当红尾伯劳过境那几天，这片旷野里一些突起的苗禾、草茎上，出现了一只只静静伫立的伯劳。它们各自保持适当的安全距离，只有当其中一只发出"嘎、嘎、嘎……"的急促声，警告不小心的越界者时，才让我记起还有它们的存在。

大部分时间，红尾伯劳都非常沉默地专心觅食，对它们来说，还有一段很长的归乡旅程等在前面；每多捕食到一条虫子、一只甲虫，它就多一分长途跋涉的体力。

五月七日一大早，我在这片旷野拍摄鸟类，当气温逐渐升高时，我的四周突然响起略微刺耳的虫鸣声，我觉得有被声音淹没的感觉。倾听之后，断定是今夏第一批出土羽化的草蝉。我循声觅去，不久在狗尾草上、紫花藿香姬的叶子上找到了草蝉。它们东一只、西一只，纷纷弓身翘尾放声鸣唱，好似庆祝它们终于脱离了阴暗的地底生活，顺利羽化，进入生命的黄金岁月。

我发现花莲的草蝉比西部的美丽，西部的有绿色及墨绿两种，但花莲的是橙色及水青色。我不知道它们是否与台湾西部的同种。

就在我拍摄这些小可爱时，有两只橙色的草蝉在草叶上狭路相遇，竟然扭打起来，还用吸管互刺对方。大概是为了争夺领域吧，后来有一只被推落擂台，结束了比武。

五月十日上午，就在一条穿越旷野的乡村道路上，发生了一件让我难过的事。

当时，我看见一只雌的黄头扇尾莺正在离我不远的马路中央，捕捉一只身躯几与它等长的尖头负蝗。

娇小玲珑的雌莺不断啄击着，想制伏这只大猎物，而仰躺地面的负蝗，则一直蹬着有力的两只带刺长腿，以抵挡尖锐的鸟喙。

有时小莺攫住一只虫脚，将负蝗提起，再猛然一阵甩动，负蝗则奋力挣扎。如此几回，负蝗逐渐昏软，一节虫脚早被折断，长腿再也无力蹬出。

这时，一台挖土机轰隆隆地驶来，直到轮胎快接近时，小莺才飞身避到路旁。我心想，幸好挖土机开得慢，它才可以及时闪开车轮。等挖土机一过去，小莺立刻纵身回到那尘烟飞扬的路上，再继续它的狩猎。小莺这回才啄了负蝗两下子，一辆机车疾驶而来，几乎擦过它的尾巴，只见小莺只微微缩了一下羽尾，让过车轮，接着又展开啄击。

看它如此急切、奋不顾身地要把负蝗带走的情形，我猜想，它巢里正有一群嗷嗷待哺的黄口小儿。

突然，一台崭新、刺眼的白色BMW轿车，风驰电掣而至。我赶忙挥手，示意它慢下速度，但车里咬着槟榔的土大哥，毫不理会我的手势，只回我一声暴发户吓人的喇叭声，已然冲过小莺。

车过之处我看见小莺在路面颤抖着，然后猛烈地弹起身子，再仰着摔落地面，双翅张开，双足举得高高的，一动也不动了。

我冲了过去，捧起小鸟。它已经死了，鲜热的血，流入我的手掌中……我的心一下子刺痛起来，胃也翻滚着……

一只雄黄头扇尾莺正站在离我不远的电线上，一声一声像稚子般急切地鸣唤着，细小的身子不断前后变换方向，头朝下方焦急地叫唤，鸣声中逐渐有哀伤的音调……

我高高捧着死去的鸟儿，举向那只无助的雄鸟，好想跪下去，为渐失慈悲心的人类向它致歉。

五月十日过午不久，我为在野地里参加一桩大自然的喜事而欢欣。

当时，我躲在野地里拍摄，附近许多灰头鹪莺在废耕的大片草丛上，成双成对地鸣叫、跳跃、追逐，任谁见了也可知道，它们正处于热恋中。

突然，一只雌莺飞落在离我大约十米的枯草茎上。它站了一会儿，双翅开始半扬地振动着，弓着身子，口里发出娇柔的短鸣，恍如一只初换成羽的幼鸟，对着父母索取食物的模样。

雌莺保持同样的姿势大约有十几秒钟，一只雄鸟翩然降落在它身上。就这样，彼此都快速地振动着半扬的双翅，行了周公之礼。

过程仅持续数秒钟而已。

五月正是万物滋生的季节，动物交尾，野花怒放。过了这个暮春初夏的美好时光，大自然将有一段沉寂的岁月。

人类弃耕之后,大地又逐渐恢复了它的野性,大片盛开的黄野百合让大自然又野又美,令人赞叹!

一只草蝉在叶底嘶鸣,把气温也吵得升高了。

两只草蝉正在擂台上比武。

上图 疾驶而过的轿车,就这样结束了小鸟的生命。

右上图 小莺攫住一只虫脚,将负蝗提起。

雌的灰头鹪莺双翅半扬,弓着身子,口中娇柔地鸣叫。这是邀请公鸟交尾的动作。

公鸟翩然降临,行了周公之礼。

河　口

　　一九九三年十一月下旬，一个夜黑风高的晚上，我和太鲁阁"国家公园"的游登良课长，一起到花莲溪出海口的地方，观赏成千成万的字纹弓蟹幼蟹排队由河口行军上溯木瓜溪以及寿丰溪——它们要回到父母成长的故乡去。这是花莲溪首次留给我的深刻印象。

　　当时河口正有二三十位原住民与客家人在那里点灯捞捕鳗鱼苗。趁他们上岸翻寻捞捕网中的透明鱼苗之际，我向他们问及，这几年来花莲溪河口一带各种野生动物的变化时，他们个个哀声叹气，指称花莲溪在废土垃圾胡乱倾倒、砂石随意开采及纸浆厂废水任意注流的状况下，各种野生动物的生存状况早已每况愈下。他们也说，如今鳗鱼苗的捞获量也一年比一年少。

　　一九九四年二月底，我打花莲大桥走过，发现上百只小水鸭在桥以下到河口这段宽广的水域中成群地绕飞，或起或落。而小水鸭飞行的背景就是花莲市街和壮丽的东部大山，那画面让我这西部来的人惊赞不已。

　　在离岸不远的近岸浅水中，一群苍鹭伫立如钓翁，偶尔飞走一只，偶尔又降落一两只，它们宽大的翅膀令人注目。这些水鸟的活动，使得这段到河口的水域，变得生机盎然。

　　一九九四年五月初，我对这段溪流展开观察，发现它蕴藏着几不为人知的美丽。我的自然观察变成一种至高的享受，我在那宽阔的河床上流连徜徉，常至暮色苍茫犹不舍离去。

　　盛放着紫花的布袋莲，以无数的花朵镶嵌在水边。我心想，造物者一定经过深思，才选用最高贵迷人的颜色，来装扮他所钟爱的河流。好像不用这样令人惊艳、这样狂野的花来装饰，不足以显现台湾最后一条存活的大溪之美。

在近水的河床上，五月的春草，碧绿如新铺的地毯。初开的香蒲散布在青草间，一枝枝如生日蜡烛初燃的花序直直竖起，好像它们就认定这条美丽的河流，一定在可爱的五月诞生。

墨绿的蔺草紧挨着春蒲成片生长，圆柔的长叶，缀着褐色的小花穗；开着锈红色的莎草，也占据一角；如针球般的谷精草，退到边缘。这些野花野草，把溪边的湿地蔚成一片远比人工花园更美、更富生命力的地方。

河床的干涸处，布满了纹路可爱的大理石砾石块，盛开的黄野百合，疏疏地生长其间，一群即将北归故乡的黄鹡鸰常在那里觅食。每当我穿过那里，它们吱吱飞起，几个波浪飞行，又落到另一边的砾石地里。

有时，几只乌头翁一起翩然飞落，在这里嬉戏一阵。有时，麻雀三三两两地在砾石间的沙上，行每天不可少的沙浴。

我也几次见到一对红鸠，在沙地野草间踱步觅食。

溪边青草野花里，锦鸰、棕扇尾莺时时站在草茎上，唱着嘹亮的小调。

可是，每当小云雀的金嗓子一拉开，所有的鸟声立刻被比了下去，整个河床就成了它独唱的音乐厅。这时，只要我一抬头朝歌声源头望去，就能瞧见它在半空中振翅停在原地的剪影。

大冠鹫几乎每天都会从上游沿溪飞到下游来，它的出现常常引来乌鸦的追打。而大冠鹫也很少理会这地头蛇，径往海口飞巡而去。

黄昏时，会有一只白腹秧鸡在浓密的湿地高草里放声悲鸣，那"补锅、补锅"的鸣声满含着凄凉的意味，好像它为白昼的消逝而悲唱。这时也正是夜鹭纷纷飞过黄昏天空的薄暮时分，而近岸的水流缓处，鱼儿弄水，时时发出泼刺声。

五月七日下午，我在河口南岸的土地庙旁，发现了上百只白环鹦嘴鹎聚集在紧邻的黄槿树上，有时又突然一起飞起，在河口绕一小圈，然后停在临河的不锈钢栏杆上，接受我的拍摄。好像它们知道，要站在同一焦距上，大家才能清楚地呈现在照片上。

　　令我好奇的是，白环鹦嘴鹎属中海拔的山鸟，怎会出现在出海口，而数量又如此之多。难道它们改变了习性？还是它们也在迁徙途中？

　　五月八日我再度前往出海口，白环鹦嘴鹎全飞走了。可能是这个星期天众多来出海口的车辆把它们吓跑了，还是它们已经休息够了？

　　五月十一日，我在紧靠要塞保留地的山脚河床处，目睹了一出难得一见的大自然悲喜剧而感动不已。

　　当时我听见一对乌头翁在一棵灌木上短促地大声疾叫，并且不断地跃上跳下。不知道是不是它们因为发现了什么东西而慌张、恐惧起来。

　　不久，又飞来一只乌头翁，也加入疾叫的阵容。然后两只麻雀也立即投入叫阵，随后一只灰头鹪莺、一只雄黄头扇尾莺也参与行列。

　　众鸟围着那棵灌木或飞或停，或跃或跳，并不断地发出短促而又大声的鸣叫。我知道，那儿必定有事情发生了。虽然我很想前去探个究竟，但我又不想介入自然界里发生的事。这是我多年在野外一直保持的态度。因为大自然里有很多的生命需要靠另一种生命的结束来维持，对某种生命的同情，就是对另一种生命的残酷。

　　我猜测这群不同种的鸟，一定遭遇了共同的敌人，所以才会如此同仇敌忾。通常同种鸟之间较有同种相互支持的行动，但这回，不同鸟种之间，尤其在多达四种之间的援助，更是我生平第一次看见。

　　一阵纷乱之后，突然灌木下的几棵高草摇动起来，然后草的摇动像浪一样涌动移开，我知道这底下正有动物移动而撼摇了野草。

随着摇动的草浪波动到低矮的野草时，我看见草中伸出挥动着的黑色大翅膀。一会儿，才看清楚那是且啄且退的白腹秧鸡。它时时扬着翅膀朝下啄去，然后再迅速后退几步，就这样打从我前面七八米的地方横过。

白腹秧鸡是一种非常机警而胆怯的涉水鸟，平常距离在三十米以内都很不容易接近，但现在的它却无视于我就在眼前，可见它所遭遇的敌人，其危急以及危险，必定远胜于我。

我从白腹秧鸡的行动、后退的速度推断，它所搏斗的敌人可能是蛇。果不其然，我从草缝间瞧见了一截蛇身，是臭青公。

最后，蛇借着绵密的草溜走了，白腹秧鸡也消失在另一边的高草中。

当河床复归平静，我悄悄来到灌木丛，那里有乌头翁的巢，巢里空空的，但巢下的草叶上，有细细的鸟粪，我想乌头翁的幼雏已经被臭青公吞食了。

这是大自然里的相生相克，也是食物链的一环，我并不感到惊奇，倒是五类不同种的鸟，会如此合作对付共同敌人，却颇令我感动与好奇。而白腹秧鸡的驰援与勇敢，让我十分敬佩。

现代的人类能像这群野鸟如此合作、守望相助的已经少之又少，而能有白腹秧鸡那样，敢于拔刀相助的侠义精神者，大概……绝种了。

一百三十九前（一八五五年）的四月，美国的探险船"雄鸡号"曾停靠在花莲溪口。我想，当时他们所见的花莲溪一定大大不同于今日，溪水丰沛清澈更数倍于今日，景色也更自然，更野，更壮美……当然，他们也不会看见滋生的紫花布袋莲，因为那时它还未被引入台湾。

盛开着紫花的布袋莲，以无数的花朵装饰花莲溪河口。造物者选用最高贵迷人的花朵来装扮他所钟爱的河流。

狂野的布袋莲花朵，总令注视它的眼睛迷惑。那大胆的配色，叫我拍案叫绝。

野花野草在溪边的湿地蔚成一片远比人工花园更美、更富创意与生命力的地方。

左图 初开的香蒲散布在青草间,一枝枝如生日蜡烛的花序直直竖起。

下图 栏杆上的白环鹦嘴鹎乖巧地排排站,接受我的拍摄。

右页上图 两只乌头翁又飞又跳对着草丛短促地急叫。

右页中图 一只黄头扇尾莺前来助阵。

右页下图 路见不平,前来协助乌头翁对付敌人的白腹秧鸡。

尾 语

我在花莲盘桓不过半个多月，就发现了这样美丽又丰富的大自然，并且目睹自然界里发生的许多精彩故事。我衷心喜欢花莲，也为花莲人拥有乐园般的自然环境而庆幸，但我也看到一些令我担心的迹象。

许多花莲人仍然只看见西部的经济发展，却视而不见、听而不闻西部环境因破坏而带来的低劣生活品质，以及因此丛生的各种恶病与败坏的社会风气、治安。

有小聪明却没有大智慧，似乎是多数人的通病。许多一直拥有的东西，要在失去时，才会感受它的珍贵——清净的空气、甘甜的水源、美丽的景观。没有这样的生活环境，再多的钱财也不算富有。我们这个岛屿多的是外表多金、内心贫穷的暴发户，纵使他开的是奔驰300，但他的行径恐怕还不如那个踩三轮车的车夫。

"产业东移"千万不要是西部人的污染工业、垃圾产业的东弃。要有宜兰人说"不"的智慧与勇气，也要清楚地认知，花莲最大的财富是美丽又丰饶的大自然，这是上苍的赐予，是再多的金钱也买不到的，花莲人应该懂得珍惜自己的一石一木。

可是我却发现，几年前吸引我到那里掬水煮菜的木瓜溪中游靠近铜门河床上，那些巨大、美丽的奇岩怪石，现在全都失踪了，最后我在几个专卖造景岩石的堆积场里发现了这些岩石。

这些壮丽的巨石是花莲人以及未来花莲人所共有、共享的无形天然财产，现在却由几个人私窃了。可是像这样影响长远的大事，却不见有"议员"、"代表"、"委员"关心，甚至某个"党派"站出来说话，也不见有其他官员出面制止，更没有检调人员肯主动出面调查。

小者窃石盗木，大者占山据海。公共的天然资源，随时都有不肖的人觊觎、虎视眈眈并意图蚕食鲸吞。因此，每个爱自己家园、关怀乡土的居民都得小心防范。身为花莲人，应有神圣的责任与义务，把花莲的干净、美丽与丰饶的自然环境，留传给下一代。

小者窃石盗木，大者占山据海。公共的天然资源随时都有不肖的人觊觎。

近年河口大量采沙，造成地形及水文的改变，美丽的河口已经消失。从空中往下看花莲溪口，公元二〇〇〇年已经寸草不存……

它们哪里去了？

——记二十年来在我家附近消失的动物

我家附近这么多的野生动物，

给了我多彩多姿的童年。

可是这众多可爱的生物，

却在短短的十几二十年间，

活生生地、悄悄地消失了。

老　鹰

连续几天东北季风带来的凄风寒雨终于息止了，久违的阳光，把天空清扫得干干净净，一片蔚蓝。这是寒假里难得的晴朗暖和而又是农闲的日子。原本我要随着堂兄到头前溪河床里放牧水牛，然后捞几串毛蟹回来吃。可是临出发前，祖母却给我分配了一个非常奇怪的工作：在收割后的田野里看守小鸡，不让老鹰抓走。在这连串冬雨后转晴的第一天，正是老鹰抓小鸡的日子。

看小鸡这种轻松却无聊的工作，怎能使一个十岁的顽童专心呢？不久，我找来堂弟在晒谷场上玩起弹珠来。起先，我还一面玩一面注意着天空飞行的影子，可是不久，我就忘记了警卫的工作……

突然，田野里起了些骚动。我转头望去，好似有两只大鸡正在打斗，其中一只身材修长，深棕的体色，一点也不像我们家养的鸡。我赶忙冲过去，那只双翅微张的大鸡豁然起飞，巨大的翅膀挥了几下，已经越过防风林的上方，滑向那边的田野去了。原来是老鹰来了。

这只老鹰不知何时下田来抓捕小鸡，而勇敢的母鸡挺身迎战,身上也受了些伤,落了些羽毛。

我吓得再也不敢玩弹珠,因为要是小鸡被抓走一只,我的弹珠就会被母亲没收。我只好乖乖地坐在田埂上,双手支着腮,望着冬日的蓝色天空。

不久,我遥遥听见小溪对岸农家的小孩,用客家话高喊着:"鹞婆!嘀!嘀!"接着村犬的吠声混入那童稚的呼喊声里。我知道老鹰又来了,我赶快站了起来,从口袋里掏出我自制的弹弓,朝着小溪方向的天空张望。

一会儿巨大的黑色翅膀出现了,动也不动地滑到我家田野的上空。我朝着它发射弹弓,然而它比我弹弓射出的石子要高出太多。它开始盘旋了,我心里急了起来,也大声嘶喊着:"鹞婆!嘀!嘀!"

所有的鸡子闻声立刻四处逃窜,只有小鸡不知要怎么办,有些更成了标准的"呆若木鸡"。

正当老鹰缩小盘旋的圈子,并降低高度时,突然防风林里有两团小小的黑影直朝老鹰飞去。我知道是乌鹙来了,我可以放心了。

它们分飞在老鹰的上方和后方,用喙攻击这天空的魔王。乌鹙灵巧地飞行,使空有巨大身躯的老鹰知难而退,飞向田野的远处,最后消失在无云的天空里——那边有许多它爱吃的田鼠,只是没有小鸡这样容易到手……

这么强壮、巨大的翅膀,在一九七一年后就渐渐杳然,终而在苎林乡的天空永远消失了。而乌鹙常常站在电线上,凝望着遥远的天空。"小鸟驱逐大鸟"的伟大故事,成为祖先遗留在它脑海中的一个遥远的光荣战史,但它们可能不知道老鹰长什么样子……

与老鹰一起自我祖先那块田野附近消失的鸟类有:雀鹰、大冠鹫、喜鹊、领角鸮、董鸡、黄鹂、栗小鹭、翡翠,以及灰胸秧鸡。

老鹰又名黑鸢,它飞行时,翅膀的外初羽是向后,而尾翼内弯,与大冠鹫不同。据沈振中先生调查,台湾的老鹰只剩三百只左右,属于濒临绝种的生物。

大冠鹫又名蛇鹰。顾名思义,它是以蛇为主食的鹰鹫,但很多人把它当做会吃小鸡的老鹰。

乌鹫又名大卷尾,从一九六五年因为农药过度使用开始急速减少。一九八五年台湾农业不景气使得农夫降低农药用量,乌鹫由此获得喘息的机会,而在一九九七年明显地增加了。

翡翠又名鱼狗,以小鱼为生,常见其俯冲入水捕鱼。

盖斑斗鱼

一个星期六下午，我和几个童伴到天主教堂去听法国神父布道。我们对宗教毫无兴趣，只是被会后的糖果以及邮票所吸引。

那天邮票不够分配，神父要多给我一些糖果作为补救。我要求神父把那个装糖果的广口大玻璃罐给我，我想用它来养鱼，因为有一次我把一条大肚鱼放在酒瓶里，发现它漂亮极了。

我在广口罐里养了大肚鱼、虾子、溪哥，但总是隔了一天就死了。父亲告诉我，养三斑最适合了，既漂亮又不会死掉。三斑就是盖斑斗鱼，又称"台湾斗鱼"，客家人称之为"塘埤辣"。

我们这些乡下孩子对三斑都很熟悉，在沼塘里捞鱼时，偶尔会捞到它们。它们体型太小了，不值一吃，因此总把它丢回水里，但它是我们公认最漂亮的鱼了。

为了抓斗鱼，我带了竹制的畚箕，在一群村童的簇拥下，来到头前溪旁。这里有许多沼泽，被附近的农人利用来种茭白笋，水深不过及膝，水草丰茂，正是三斑最多的地方。

我们在沼泽上找寻有小泡沫聚集成堆的地方。因为我知道，那泡沫正是斗鱼的巢，只要用畚箕由水下往上一捞，就可以捞到。

这天我捞获了两条色彩斑斓、尾鳍优长的三斑，看着它们被玻璃放大的美丽样子，村童一个下午都围着小鱼缸不肯离去。

第二天早上，我发现一条斗鱼死了。它遍体鳞伤，我百思不得其解。祖父说是被另一条撞死的，因为两条公的就会相互打斗。

后来我又捕获了一条尾鳍短一点的，它们相安无事，而村童们分工找寻各种小虫来喂养。两条美丽的斗鱼，陪我们度过了一个快乐的暑假，直到快开学时，一天因为村童争着换水，把玻璃罐打破为止。

当我们把两条养得肥肥的三斑送回沼泽时，顽童们还特别举行了一个告别仪式：大家站在岸上，向那不再怕人而缓缓游去的小鱼鞠躬道别，就像学校放学时向老师敬礼说再见一样。

几年前，为了拍一张斗鱼的照片来介绍给现代的儿童认识乡土的动物，我又来到了头前溪。那昔日美丽的沼泽，现在成了堆积如山的砂石厂，原本清澈幽美的头前溪，在怪手的挖掘下，成了千疮百孔的恶地，浊黄的溪水像脓一般积在被深挖的坑里……

问了父亲，问了村人，他们也都好多年没有见过三斑了，纷纷摇摇头说："它们哪里去了？……"

随着斑斗鱼一起在我们上山村沼塘消逝的鱼有大肚鱼、土鲫鱼、七星鳢鱼（闽南人称之为鮘鮍，客家人称之为秧公）、罗汉鱼、溪哥……

斗鱼领域性很强，所以常有打斗行为，雄鱼在母鱼产卵后负起看护照顾鱼卵及幼鱼的任务。昔日农村的小沟小渠中随处可见，现在因为水的污染而成为稀有生物。

泥鳅与塘虱

倾盆而下的雷雨，使家旁那条灌溉的引水沟溢水了。满出的水漫过门前的小空地，流向另一侧的水田里。

我和堂弟们蹲在门槛边，目不转睛地看着流过门前的浅浅的流水，其中一条条半露身子的泥鳅，顺着慢慢流动的溢水，奋力地扭动着圆滑的身子往前游。

"一、二、三、四……十……二十……五十……一百……"我们倾俯着身子，数着游过门前的泥鳅，手脚已经痒得快按捺不住了。并不是担心雨水弄湿衣服，而是祖母在身后监视着我们这几个蠢蠢欲动的顽童。只有偶尔发现一条混在泥鳅行列中身子特别大的塘虱（土虱），我们才会互相掩护着窜出一人去捕捉。至于泥鳅，还不值得我们付出挨骂的代价，因为泥鳅只用来喂养鸭子……

八月初，稻子刚插下不久，田水无遮掩地终日曝晒在炎阳下，水温逐日升高，孩子们都知道：煎鳅日就快到了。

每天早上醒来，我们总会先到水田瞄一眼，直到一天见到水田里浮满了无数翻了白肚的泥鳅，把整个水面都铺满了，空气中含着一股鱼腥味——这些泥鳅全是被炙热的田水烫死的。这一天就是煎鳅日。

我们捞回一篓一篓的泥鳅，喂鸡鸭，养大猪。虽然一次死了这么多的泥鳅，多少让我们觉得可惜，但我知道，沟里、塘里还有更多的泥鳅。只是那凄惨的情景，令我至今印象犹深。

在我家附近出没的鱼中，塘虱最令我难以忘怀。它那尖硬的鳍刺扎在手上的疼痛，村童们永远不会忘记，何况扎我的塘虱是公认最大的一条……在我家水田的尾端，有一道低陷的沟形沼潭，虽然面积不很大，水深却可没人。这里是我和堂兄弟较爱来垂钓的地方，因为常有意想不到的大鱼上钩，像鲤鱼、鲫鱼、鳢鱼等。

十一岁那年的暑假，有一个黄昏，我独自在这里钓起一条大塘虱，一条我从未见过那样粗大的塘虱。我不会忘记钓竿弯得像新月的样子。可是在离岸一尺之距时，大力挣扎的塘虱扯断了鱼线落回了水里。

我把此事告知堂兄弟，他们都说我吹牛，大人也都笑着说："逃掉的那条鱼总是最大的！"只有来我们家帮工的阿真伯相信我，他说："那个潭是可能有这样大的塘虱。"这才稍稍解了我一个被嘲的围。

之后，我更加时常去那沼潭钓鱼，希望能钓获那条大塘虱，好挽回颜面。可是，虽有不少鱼上钩，就是没有那条大塘虱。

那年夏天非常干旱，到了八月中，农人已经为了灌溉水而发生许多纠纷。祖父为了救稻子，从镇上租来抽水机，把沼潭的水抽到田里灌溉。

大约十天，沼潭的水就差不多见底了，我们在深陷的泥水中捞捕了两大竹篓的各种鱼儿，唯独没有抓到我所说的大塘虱。嘲笑我吹牛的声音又再次响起，而我则是脸红耳赤，百口莫辩。

第二天一早，我又回到了沼潭边。我深信大塘虱仍然躲在那里。果然，我看见那条棕色的大塘虱，在泥水中轻轻摆动着尾鳍，搅起了一浪一浪的黄泥水。

我急忙脱下裤子，激动地跳入泥水及腹的沼泽里。那条塘虱却一曲身一摆尾，钻进岸边垂入水中的长草中。翻开长草，发现水下有一个土洞。原来，它昨天就躲在里头而躲过了众人的捕捞。

空手捕捉大塘虱并不容易，尤其是洞里的塘虱。它力量大，全身滑溜，而鳃两侧的鳍刺又尖又硬。它时常猛力甩头以鳍刺来扎伤敌人。它刺上的黏液，可以使伤口的疼痛增剧。但村童都很有经验，尤其是我，以徒手抓鱼而出名。村人都说我的手是断掌，天生会捉鱼。但我不信这话，抓鱼跟手关系不大，可全凭脑筋（方法）。

我的右手慢慢从泥水间伸入洞中，用指头轻轻地感觉洞里的状况，同时探知大塘虱的位置。我非常小心又轻柔地摸索着，这样的洞有时会藏有游蛇、水蛇，甚至鲈鳗。这些都是会咬人的家伙，但是轻缓的碰触，它们就不会反应过度而咬人。

我的手指先碰触到两条较小的塘虱、一条七星鳢（鲇鲀），但我都没有惊动它们。最后，我终于在洞的尽头触到了那条比我手臂还粗一点的大塘虱。

我得先摸到它的大扁头，才能避开它厉害的鳍刺而下手抓它。我的手指极轻微地沿着它的背脊朝头轻轻摸去，这样它左右甩头时就不会刺到我的手指。最后，我总算摸到了它那朝内的大头。我得让它头朝外，才方便下手。

我用手轻缓地推推它的身子，好让它调头。果然，它慢慢转身。我心中正窃喜着，它却突然奋力地甩动起来，整个洞发出隆隆巨响。我即刻抽手，但说时迟那时快，我的中指被它刺中了。就像触电，或被黄蜂蜇到似的，一阵剧痛从中指传来，疼得我冷汗直冒，泪水也涌了出来。

我把鲜血染红的指头用泥水洗了一洗，赶紧把它放入口中吸吮伤口。把伤口的塘虱黏液吸掉，可以减低疼痛。

几分钟后，我咬紧牙关，重新将手伸入洞里。比起被同伴嘲笑所受的伤，这指头的伤就不算什么。

经过一番奋斗，我终于四指在上，拇指在下扣住了它的扁头，把大塘虱拖出洞来。

出水时，它身体拼命挣扎而溅起的泥浆，沾了我满脸。就这样，我生平甚至我那村庄的人所见过最大的一条塘虱，终于进入了我的鱼篓。我失落的钓钩依然挂在它的阔嘴边。

那满足、得意的滋味，村童羡慕赞佩的眼神，以及手指上的疼痛，想来犹如昨日，可是塘虱已成绝响。与它一起自我祖父那块田地附近同时消失的有泥鳅、黄鳝、白鳗、蚌、蛤、田螺等。

蛇

喂饱鸡群鸭群，然后将它们赶进鸡舍鸭舍是我童年时的例行工作之一。

一天傍晚，我从鸭舍回身出来，在昏暗中听见离我约一米远的竹篱下，传来短促的喷气声。那声音像是番鸭的声音。我赶快蹲下来，准备把它逮住送回鸭舍里。如果漏了这只番鸭，会被母亲责备为贪玩、没责任。若万一因此被石虎或野狗吃掉，那我很可能要挨打了。因此，无论如何，我必须抓住它。

因为光线已十分幽暗，我看不清楚竹篱笆下的景物，所以我蹲爬着，同时探头前伸，以便看清鸭子的位置。

我没有看见鸭子，却看见一个奇怪的东西，像一根短棒竖在那里。我猜不透是什么东西，因此又向前爬了一点。最后，我终于看清楚了，可是我却吓得呆住了。因为那是一条脖子鼓得扁扁大大的眼镜蛇，两眼正冷冷地盯着我，离我的鼻尖只有三四十厘米远。

我们就这样相互注视着，也不知道过了多久，它忽然身子一矮，从竹篱笆的间隙滑走了。我想，它大概是把我当成狗吧！因为我当时的姿势跟狗没啥两样，而蛇通常会避开狗。后来我有一阵子常做遭蛇攻击的噩梦。

堂哥养了一只珠颈斑鸠，鸟笼就挂在屋檐下。晴天里它常点着头啁啾鸣叫，一声接着一声，煞是有趣，我也常帮堂哥到豆圃里偷拔一点落花生来喂它。

有一天清晨，我起得特别早，天刚刚亮，我仍如往常一般，蹲在屋檐下刷牙。我发现头上的鸟笼一直摇摆不停，我觉得奇怪，这无风的夏日早晨，鸟笼怎会摇个不休？

我站了起来，发现斑鸠不见了，再细看，有一条又粗又长的蛇，从屋顶伸下来，头仍在鸟笼里。显然它在吞下斑鸠之后，脖子变粗了，以致无法退出鸟笼而卡在那里。祖父说是臭青公，会喷出一种很臭的液体来臭走敌人，是很有名的偷蛋贼，常常把整窝的鸡蛋吞下，然后爬到树上，卷着枝干把吞下的蛋压破，再把蛋壳吐出来。所以乡下的人发现蛋被偷食之后，常常住蛋里塞入横竖杂陈的铁钉。等臭青公吞下去再压破蛋时，它就会被铁钉扎死。

一个秋日午后，我和堂弟在从头前溪游荡回家的途中，经过小土地庙时，看见那个常在九芎林街上行乞的中年人。他平常走路时总是一拐一拐，慢吞吞的，在街上乞食时，甚至一家一店地爬行。此刻他就在小土地庙旁那棵正落叶的苦楝树下沉睡，他穿了一件破了几个洞的黑长裤。因为他的脚弓起来，而把破口张得大大的，我们差不多可以看到他的胯下，尤其是秋日的金阳穿过稀疏的苦楝枝叶，正照在他的破洞上，好似聚光灯把主角特别凸显出来似的。

突然，我发现紧挨着破洞下有一团黑白相间的带子，在他伸腿时，竟然曲动起来。再仔细一看，竟然是一条比脚拇趾还粗的雨伞节，紧靠着他的大腿取暖。

我和堂弟一时不知该怎么办。因为雨伞节是台湾咬死人最多的毒蛇，我们不知道要如何来帮助这个可怜的乞丐。

我想了片刻之后，还是决定叫醒他，免得他一翻身，压到死神。但我也知道，叫醒他却不能吓着他。否则他一受惊，很可能弄巧成拙，反而害死了他。

我叫了许久，他才半眯着眼冷冷看了我们一下。我原本要镇静地慢慢地告诉他，有一条雨伞节就挨着他的右大腿，可是我那小我一岁的堂弟却忍不住大声地指着他的腿说："毒蛇！"

他半信半疑地弯着脖子朝下看去，突然他大叫一声，整个身子往后弹挪，蹦跳起立，然后快速地跑开了。

现在令我们吃惊的不是蛇，而是原本为瘸子的乞丐，现在却好手好脚地跑起来⋯⋯

此后我们没有人再看见过他，而近十年来，父亲也没有在上山村看见过雨伞节。

这许多年来，在我家附近绝迹的蛇有：眼镜蛇、雨伞节、臭青公、南蛇、龟壳花、过山刀⋯⋯

雨伞节是很毒的蛇，属于神经性毒素，被它咬到，不会疼痛，但会造成心肺衰竭。幸好它的攻击性不强。

右图 龟壳花的毒属于出血毒,被其咬伤时会造成内出血而肿胀,形成压迫神经而产生剧疼。

下图 眼镜蛇昂首示威,不过是警告"别来惹我"。事实上,它的胆子很小,总是"走为上策"。

石　虎

　　天色渐渐昏黄，我挑着一担野草，快步地循着山丘的小路走下来，身后跟着我那比我自己的影子还黏我的五岁弟弟，他寂静无声地紧追在后。这年我刚满十岁。

　　下午的一场雷雨，将我们困在柑园岗的茶亭。我是到那附近的山上去割野草，以补家中水牛草料的不足。比起其他的农事，割野草和放牛是我较喜欢的工作，因为工作不那样费力，活动范围也较大，而且常常可以顺便采到野芭乐、刺莓等野果实，甚至找到鸟蛋、鸡肉丝菇……

　　薄暮时分，我们已接近家后那条小溪，这时我才放慢了脚步。突然，那野草夹径的小路前方，迎面出现两只大猫，一前一后，慢慢朝坡上行来。

　　我轻轻地停下脚步，静静地瞧着这两头长得一模一样的猫儿。它们比一般的家猫要大许多，我直觉它们不是普通的猫。它们的身躯瘦长，身上隐约有豹的斑纹，走路的姿态比猫威风有劲，全身有一种优美韵律的波动。

　　走在前头的那一只比后头的大了一点，它走一小段就停下来瞧瞧路两边，两个耳朵也分朝左右转来转去。但它却没有发现路前头两个寂然不动的孩子，正目不转睛地盯着它的一举一动。当接近到离我不过三四米时，它似乎觉得有些不对劲了。它停下步，举头朝前嗅嗅，突然我和它四目相对了。

　　我觉得它的眼睛似乎逐渐变大变大……它眼中有一种奇怪的力量，紧紧吸住我的眼光。我感受到它眼神中散发着狂野的生命力，但我并没有畏惧，因为我和它似乎都感到彼此并无敌意。

　　我们在黄昏的狭路上相互瞧着，时间好似停了下来，大地又如此阒寂无声,万物纹风不动。

渐渐的,它退了几步,挤入路旁的草缝,后面那头也随之而去。只见几丛高草轻摇几下,大地复归寂然,它们友善地让出小路。

祖父说,这是石虎,并吩咐家人把家禽、小家畜关好,免得被石虎吃掉。

后来邻居有几只鸡和一只鸭子被石虎叼走了,邻人还请了猎人来对付石虎。令我高兴的是,猎人始终没有逮到石虎。大约到了秋天,石虎就再没出现过。

往后的几年中,偶尔听说有人再见到石虎。但这十几二十年来,就再没有石虎的消息了。

与石虎一起在我家那一带失落消息的哺乳类尚有水獭、食蟹獴、鼬獾,以及穿山甲。

石　虎

毛　蟹

　　我家后面有一条杂树夹岸的小清溪，溪水弯弯曲曲。祖父就在家后的溪里筑了小水坝，将溪水引入田里来灌溉。水坝上方形成了一个长长的水潭，正好给家里的四头水牛泡水，也提供了我和童伴们游泳垂钓的好地方。这条蓊郁多弯的小溪，也是我童年最初探险大自然的场所。无论上溯或顺流，这条水深不过膝的小溪总满足了那好奇的童心。

　　每年寒流来袭时，是小溪最不可思议的时候。无数顺流涌向下游回归河口产卵的毛蟹，在寒冷的夜晚，一群一群地经过。当来到小水坝时，它们会爬过草木、泥土混填的小坝堤，然后继续它们回返河口的旅程。

　　这些爬上坝堤的毛蟹，有时搞错了方向，爬上了岸，然后四处乱爬。这时我们常会在鸡舍下、猪舍里、牛栏内，甚至在茅坑边、床下，遇见这些高举着双螯、吐着泡沫的不速之客。这时正是吃肥蟹的佳节。

　　父亲会在黄昏时，于小坝堤上挖开一个小缺口，让溪水从那里泻下，然后在缺口上装置一个大竹笼，它有能进不出的巧妙设计。第二天一早，竹笼内往往有上百只肥蟹。父亲总挑些特大的，然后又把其余的倒回溪里，因为我们吃不完……

　　如今那道小溪依然流经老家的后面，只是样子全改了。在当局加强地方建设的口号下，岸树被砍了，土堤石堤全改成了光溜溜的水泥。毛蟹再也找不到藏身之处。不过两年，它们就此失去了踪影。

　　这条小溪原本是许多村人濯衣洗菜的地方，有时杀鸡宰鸭不要的弃物也丢入溪内。这些东西立刻为毛蟹所食而得以消除，溪水也一直清澈见底。但现在毛蟹、虾子绝迹了,那些村人丢弃的家禽家畜内脏,在水里腐烂,发着恶臭。

小溪只是改了堤岸的材料,结果整个生态环境随之改变。是的,农人从此引水更方便了,但许多生物却灭绝了,风景也变丑了。溪水臭了,一条活生生的幽美小溪就此死了。村童们也失去了一个接触、探索大自然的好地方,而我失落了重温童年美好情景的场所。

现在我站在冷硬的小溪水泥堤上,望着远处那条接近完工的"北二高"跨越头前溪的大桥,突然一股莫名的悲伤袭来。因为在这些巨大的工程完成后,我知道,九芎林(芎林乡)、树杞林(竹东)都会成为跟其他市镇相同的街市,所有的地方特色将随着巨大的车流而消失。至于那些充满乡土味的小地名,大概只有从我的小说里、回忆录里留一点踪迹,像王爷坑、石壁潭、五股林、埤塘窝、三段崎、五座屋、三崁店、纸寮窝……而原本举着双螯在小路上横行的毛蟹,我要怎样让孩子们体会呢?

毛蟹是台湾河川溪沟中数量极多的生物,也是河川中最重要的"清道夫"。但目前因为河川污染,台湾西部的毛蟹几已消失殆尽。

香　鱼

　　九岁那年，当暑假渐近尾声时，一天，我在头前溪河床上牧牛，遇见了阿真伯来钓鱼。阿真伯在村童眼中是一位很了不起的人，虽然他靠做农工为生，我祖父常在农忙时请他过来做工，像插秧、除草、收割等，但他却多才多艺：他做的陷阱常常抓到竹鸡，捕获画眉；或者轻松地把不小心溜入房子里的各种蛇抓起来；他含一片树叶，就可以吹出非常优美的旋律；野鸟在哪里做巢下蛋，更逃不过他的眼睛。

　　阿真伯邀我去钓香鱼（鲦鱼），他说这种钓鱼法非常难得看见。我知道跟阿真伯在一起总会有新鲜事，所以我把水牛系在岸树上，就跟着阿真伯去了。

　　阿真伯说钓香鱼跟钓其他鱼完全不同。他从一个不透水的篓里，取出一条五六寸长的活香鱼。他说这是一条公的，它的鼻子上穿戴了一副像牛鼻环一样的小环，鱼线就系在环上，再把好几副鱼钩系在这香鱼的各个鳍上，然后阿真伯就这样用鱼竿牵着雄香鱼下水了。

　　阿真伯说雄香鱼很流氓也很勇敢，只要有其他的雄香鱼进入它的势力范围，它会奋不顾身去把敌人赶走。所以钓香鱼的人就利用它的这种特性，牵一条闯入者来引它打斗。最后它就被敌鱼身上的鱼钩钩住，并被钓了上来。

　　通常每斗一阵子，阿真伯就会换一条"傀儡"鱼，让它好好休息，毕竟打架是一件很累的事。

　　钓香鱼可真不简单，钓鱼者要牵着"鱼媒"到处挑衅，持竿的手也要很有力。阿真伯让我试了一会儿，我的双臂就累得发抖。

　　一个下午，阿真伯只钓着三条香鱼。他说香鱼一年比一年少，以前他一个下午可以钓十几二十条，现在能钓上两条就算不错了。因为今天有我帮忙，所以多钓到一条，他说他很高兴。

他在河床上捡了一些木柴，然后他烤了两条香鱼，一条给我。那味道"香"得很特别，有腌花瓜的香味。阿真伯说，这就是它被称为香鱼的原因。那条鱼我舍不得吃，想留给祖父，但阿真伯劝我吃了。他说我以后大概没有机会吃到香鱼，还说我可以把第三条带回去孝敬祖父，因为我祖父是他喜欢的长者。

我问他为什么以前香鱼多，现在香鱼越来越少。他说以前日本警察禁止人电鱼毒鱼，日本警察执行这个命令很严格，没有人敢违反。日本人终于被赶走了，后来的警察不管这种事，于是电的电，毒的毒，香鱼就越来越少了……

香鱼就这样跟着我的童年一起消逝了，而许多原本活跃在头前溪的鱼，像石鲼（石斑）、花鰍（沙鰡）、脂鮡（三角仔）、虾虎（狗甘仔）以及鲈鳗等，也不知何时失去了踪迹。其中尤以三角仔和鲈鳗最令我唏嘘，每次下大雨时，童年钓三角仔的一幕情景，立刻就浮上脑海……

田鸡、树蟾、金线蛙

夏日西北雨后的黄昏，常常有一股特殊的气氛。田野一片氤氲，鸡鸭早早入舍，水牛也已归栏，孩子们洗过澡换上了干爽的薄衣裳。这时，我最爱和几位堂弟一起在我们家通往村庄的牛车道上散步，两只土犬就奔在前方。

牛车道右旁正欣欣向荣的新禾田里，这时逐渐响起了泽蛙的鸣声。渐渐的，蛙声越来越多，最后变成了潮声一般，然后又渐渐息止，终至静默。过了一阵子，蛙声又重新再演奏一次。不久它们似乎因为天色渐渐昏暗而减低了兴趣，只剩下几个特别耐心的，东一声"咯嘞"、西一声"咯嘞"地此起彼应。这时，牛车道左旁的一排防风竹林开始传来近似"哔哔"的鸣声。这是一种像戴着黑眼罩、名叫中国树蟾的绿色小青蛙夜生活的开端。它的体形甚小，但鸣声却传得很远。它总是在下雨之后才会鸣叫，特别在夏季夜雨时。那一声一声的鸣叫，从窗外的桂竹林清晰地传来，伴着我入眠，成了我长大后非常怀念的乡愁。如今，中国树蟾也早从我老家附近绝响了。

夏夜田野最让村童心动的声音是田鸡的鸣叫，田鸡就是虎皮蛙，闽南人叫水鸡，客家人称之蛤蟆。它因为肉质肥嫩，所以才有"鸡"名。但对村童来说，它的力大无穷与难以捕捉才是致命的吸引力。

它的鸣声低而洪，常在夏夜的初晚，特别是下过雷雨的向晚天，田野此起彼落的"噢—姆，噢—姆"响透了寂静的乡村。只有偶尔飞过黄昏天空的夜鹭发出的鸣叫，可以插嘴，或者白腹秧鸡凄凉的薄暮啼声，会抢走几段蛙鸣。

田鸡低洪的鸣声，正是它力量的象征，村童们都曾有抓住它，然后又被它挣脱逃走的经验。我们抓它并不是为它的美味，因为村童都试过"蛤蟆救刀"的传言；剖田鸡时，它会用四肢拼力地把刀推开。这种自救的行为，使得我们村里没有几个人敢吃田鸡。

我们抓田鸡往往是为了证明自己的能力，以及感受它那难以制服的野性。

与田鸡一样有吸引力的是金线蛙。它的体形也大，鸣声较尖，它美丽又神秘。我们一直抓不到它，因为它警觉性非常高，一有点风吹草动就跳入沼泽或溪里，而我唯一抓住它的一次竟然是救它一命的时候。

那是一个下过西北雨的暑假下午，我独自往小溪边的杂木夹溪的岸树间，寻找村人公认的野外最好的美味——鸡肉丝菇。顾名思义，也可知吃起来鲜美如鸡肉。

突然，我看见溪水转弯处露出的泥滩地，正有一条怪蛇静静停在那里。它的头极大，远超出它的身体最粗的地方达一倍以上，我有点害怕又强烈地好奇。

我慢慢地趋前想看清楚一点，因为光线有些幽暗。终于，我发现它的身体略带红色，是一种游蛇，可是头却大得惊人地不成比例。我看了许久仍不明白：怎么有这种蛇！

后来我再趋前一步，又吃了一惊，因为我发现它有四只眼睛。我害怕地退了好几步，可是那蛇仍无动静。

最后，我退到自认为安全的距离外，捡起一块石子掷过去。石子打中它头的旁边，突然怪事发生了：它的大头一下子与身体分开，长长的身子一转身滑入溪里游走了，留下了一个大头在泥滩上。

我又丢了一块石子去惊扰那怪头，那头忽然向前跳挪了一下。我霎时明白过来，那是一只大金线蛙，正被游蛇吞食，因为蛙太大，蛇虽已奋力将蛙含入口中，而蛙的前半部却仍留在嘴外，遂形成了四眼大头蛇的外貌。

我把奄奄一息的金线蛙捧回去，堂兄弟都来帮忙照顾，母亲教我们用松油混煤灰做成敷药，这种药是阉鸡阉猪的人用来敷伤口的。第三天金线蛙差不多复原了，我们用刚学到的握手礼跟它告别后，放回小溪里去了。

最近我向父亲以及邻居们打听这些蛙儿的消息，村里的父老都说："好久没有听过蛤蟆叫，也没看到金线蛙了……"

与这些蛙类一起悄悄自那小溪中消逝的有鳖、柴棺龟、金龟，以及斑龟。

上图 虎皮蛙又名水鸡、田鸡，是台湾最大型的蛙。昔日是水田中常见的动物，现在也成了稀有的生物。

左图 金线蛙也是大型的蛙，美丽又机警，目前数量极少。

下图 中国树蟾总在夏日西北雨来临前放声急鸣，故有"雨怪"之称。

白腹游蛇正在吞食一只腹斑蛙。一眼望去,它像一条头好大的蛇。

斑龟是昔日村童常常饲养的动物,目前也已难得一见。

三角仔

讨厌的梅雨季来临,连日下着大雨,我和几个堂兄弟像坐牢似的关在家里,有如闷缩在屋檐下的鸡子一般无聊。唯一的兴致是望向通往村庄的牛车路,因为我们正等待一个童伴的来到。

一天傍晚,住在头前溪边的阿龙终于出现在雨中的牛车路上,我们像狗群出动般,冒雨迎了上去。远远的他看见我们就大声嚷了起来:"出大水了!出大水了,把我们五座屋通往对岸二重埔的木桥冲走了……"

我们当然知道阿龙真正要告知的消息:钓三角仔(脂鮡)正是时候了。

第二天一大早,我和堂弟们到菜园边挖了半铁罐子的蚯蚓,从屋檐下取出许久未派上用场的自制桂竹钓竿,以及祖父编的竹鱼篓,连奔带跑地冒着时落时停的阵雨,一口气冲到了头前溪畔。

但见浊黄的溪水轰隆隆奔腾滚动，声势惊天动地，看了让人感到目眩头晕。真令我们不敢置信的是，往日清幽温驯的头前溪，现在竟成了一条可怕的滚滚大河。

沿溪边已经有许多人垂钓，因为有的穿着蓑衣，或披着雨布，或撑纸伞，或打着布伞，所以也不知谁是谁。反正都是来自上山庄或五座屋庄的人，他们每一个我们都认识。

我们沿溪边走了一小段路，找到已经钓起好几条三角仔鱼的阿龙。阿龙向来比我们了解头前溪，我们就选在他旁边下钓。

在我们下方不远的是身材矮壮的阿金叔。他对我们笑笑，露出了闪闪发亮的两颗金齿门牙。

我们急急忙忙地下了钓，不到几分钟，堂弟老鼠湘就钓起了一条棕黄色约十五厘米长的三角仔。它的样子非常像塘虱，只是身材略瘦小，背脊上多了一颗鳍刺角，加上颈两侧的鳍刺角，共有三根尖角，所以人们称它为三角仔。

堂弟阿鉴也拉起了一条，不久我的钓竿也剧烈地震动，一拉起来，竟然是两条一起上钩。就这样，在我们四个兄弟此起彼落的叫声中，一条条的三角仔不断地进了鱼篓。

三角仔这种鱼一直困惑着我。因为平常我们在头前溪里钓鱼，从来没有钓到过，就是对岸二重埔、菜头寮那边的牧童偷偷来毒鱼，也从没有捞到三角仔，可是一到出大水，却有这样多的三角仔上钩。我猜想，它们是上游冲下来的吧！

正当三角仔频频上钩之际，阿龙的钓钩卡住了。无论他怎么抽拉，钓钩就是无法摆脱。可能是卡在石隙或钩在石缝间的断枝上，我过去帮忙也无济于事。他也急出眼泪来，因为买一尾钓钩往往要捡好久好久的破铜坏铁才足够。现在唯一脱困的办法就是下水去，直接用手使鱼钩松脱。但阿龙却不会游泳——阿龙的阿爸严厉禁止自己的独子游水,据他说头前溪的水鬼又凶又多。阿龙的阿爸并不特别,正是附近村庄典型的父母,而我们一家是较为例外被允许游水的,尤其是我父亲,总认为游泳跟走路一样重要,怎可以不会?所以我一直是家中水性最好的。

阿龙的鼻涕随着眼泪一起落下来,求助地望着我。我也很想帮助他,但滚滚浊水,却又使我害怕。

最后我还是下水了。毕竟阿龙是我的死党,在上一年的暑假,他为了帮我找回失散的水牛而跌伤了腿,腿上至今留着一个小疤痕。

我从水流上方跳下,然后潜水去扯鱼线,但水流很急,一下子就把我往下冲去,我得立刻顺势游靠岸边再上岸。如此几次,终于把卡住鱼钩的树枝整个抽起,终使鱼钩脱困,而另一支鱼钩上竟然钩着一条大三角仔。

那天下午,我们空着肚子继续下钓,那道鲜美出了名的三角仔姜丝汤,一直让我们坐立不安。傍晚回家时,鱼篓也快满了。阿龙也有半鱼篓,他把最大的一条三角仔送给了我。

在归途上,我们追上了阿金叔,发现他一个人钓的比我们四个堂兄弟钓的还要多一点。但我们并不嫉妒,终究阿金叔有二三十年的钓三角仔经验,他用的钓竿也长我们一倍,钓钩也有三尾,而我们的只有一尾或两尾。

如今阿金叔未见多少老态,只是变胖了,而三角仔却已没了踪影。问阿金叔有关三角仔的消息,他望了望檐下的鱼篓和老钓竿,愣了好一会儿,才怅然地自言自语说:"是啊!三角仔哪里去了,好像好久没钓过了!"

萤火虫

穿过夏夜田野的清风，好似凉水一般轻轻流动。幽暗的大地到处点点荧光闪烁，与天上无数的星光相互辉映。我和堂弟们正在牛车路上捕捉萤火虫，然后把它们放入透明的酒瓶里。

等到萤火虫越聚越多，酒瓶也越来越亮，我们就拿出学校的课本，摊在萤灯下试试能否用它来阅读，以证明囊萤夜读的故事。

流萤满天的夜晚，我们常常顺着牛车路散步到土地庙，有时会遇见村里来这里约会的青年和姑娘。这时，我们这些顽童，就会高声合念一首跟萤火虫、跟谈情说爱有关的童谣：

萤火虫，
星星虫，
桃子树下挂灯笼；
三月飞到西，
四月飞到东，
桃花树下找老公；
五月雨，
六月风，
桃子结来大又红；
七月提亲，
八月订婚，
九月急急送过门。

如今矮小的土地庙已改建成大土地庙，可是田野里却没有了闪闪飞行的流萤，村童不来，姑娘也不知到何处去会情郎。

去年夏天，一位都市的朋友带着孩子到九芎林来看萤火虫。

那天晚上，我们在新铺柏油的牛车路上找寻，久久不见一只萤火虫。后来走近溪边，终于飞来一只。他们全家大小兴奋地一涌而上，结果全掉到溪里……

台湾的萤火虫曾经消失二十几年，一九九四年之后逐渐增加，种类达到五十六种之多。

它们哪里去了？

我家附近这么多的野生动物，给了我多彩多姿的童年。可是，这众多可爱的生物，却在短短的十几二十年间，活生生地、悄悄地消失了。

不久前，我在那座新建的越过小溪的桥上，遇见一个十岁左右的学童，问起原本在那附近常见的动物时，他竟没见过几种。当我告诉他，他的父亲和我曾在那里接触过多少种野生动物时，他半信半疑地问我："它们都哪里去了？"我一时竟回答不出来……

　　天空灰灰沉沉，
　　时常飘过工厂的烟云。
　　不用村童呼叫，
　　不劳乌鹫驱赶，

寂静的天空，
早已失去了老鹰的踪影。
弯弯曲曲的小清溪，
悄悄换成笔直的水泥渠。
老鼠磨平了掘土的利爪，
毛蟹磨钝了螯脚，
依然挖不了一个藏身的穴洞。
溪水时臭时干，
青苔不生，
水草难长，
鱼儿纷纷翻起白肚，
虾子暴尸溪床。

环绕村庄的防风林，
许久前已被砍除殆尽。
斑鸠无枝可依，
猫头鹰找不到树洞。
没有绿色的家园，
哪来快乐的歌声？
覆着柔草的牛车路，
流行铺上黑硬的沥青。
夜游的蜗牛，
方横过路面的一半，
天色已明。

稻田新禾茁长，
一片欣欣向荣。

农药喷了一回又一回,
除草剂洒了一层又一层。
去了杂草,
杀了害虫也灭了益虫,
更殃及所有的动物。
秧鸡下了软壳蛋,
蛙卵孵不出蝌蚪,
龟卵成空。
偌大的田野,
寂静宛如死城。

大人啊,
雨后跃出水面的溪鱼那里去了?
翡翠般的鱼狗呢?
扑通跳水的青蛙哪里去了?
草花蛇怎能找到食物?
天空盘旋的蛇鹰又怎么进晚餐?
夜色如墨,
再没有萤火虫,
来为大地点灯,
古老的童谣又怎能念诵?
大人啊,
请告诉我们:
它们哪里去了?
它们都哪里去了?
它们到底哪里去了?

荒村女童

一个春意渐浓的午后,
预备上山摄影的作者发现他的向导竟是个瘦小的女童。
山行半日,他认识了一个小小心灵的承担,
与尚未失去的纯稚。
他们互相给予关怀真情,
度过了一段如梦的时光。

我坐在屏东满州乡南仁湾小村的杂货店里，一面吃着干粮，一面等我的向导到来。我准备上附近的山到著名的石板屋遗迹一带，拍摄野生动植物的照片。其中有一种名叫莎草蕨的稀有植物就长在石板屋邻近的森林底下，它是我久已想拍摄的植物。

六年前我曾到过石板屋，但那条小路已被生长迅速的长穗木完全遮没了。杂货店的老板说现在有另一条小路可通，并且热心地为我找一个向导带路。

这是一个相当偏僻的小村，位于台湾东海岸最南段也是最荒僻的海边。小村只有一条向北的牛车路，延伸四五公里，可以接上那条恒春通往港仔的公路。那里每天有六班客运车通往恒春，是小村对外的唯一通路。

这个小村有二十几户渔民、几户已平地化的排湾族人，以及三户孤单的退伍老兵。小店贩卖着各种杂货，同时也摆了两部电动玩具，那是专为驻守小渔港的军人而摆置的。

现在电动玩具正闹个不停，不过并非军人在打而是村中几个大孩子，趁着寒假最后几个假日来尽情游戏。这样僻远的小村，也只有学童放假的日子，才显得有一些生气。就是平日懒懒散散

上图 南仁湾的尽头是小小的渔港,由此往南直到佳洛水,是全台湾唯一没有滨海公路的地方。也因为如此,沿岸生态相当丰富,景观也极为原始、自然。

下图 早春的苦楝开出淡淡如烟的小花,飘着淡淡的香气,让人想起童年,而生起淡淡的乡愁。

的村狗，也因村童的放假而活泼起来。

这是一个温暖的南国早春，小店斜对面的一棵苦楝树正抽着新芽，路边一丛落地生根正高挂着一串串灯笼般的花朵。空气中有着海洋与阳光的味道，混着微微花草的香气。偶尔有一丝似无还有的微风，稍稍搅动了这稠得化不开的春意，也在这近午时分为我带来一股浓浓睡意。

不久，店廊下来了一个瘦小的女童，穿着短而单薄的淡色旧连身裙，脸色黧黑，眼睛明亮。她正喘着气，显然刚用蛮快的速度奔跑了一段距离。这时，我才发觉她没有穿鞋子。我注意看她的脚，发现她的小腿上有好几处或红肿或有脓疱，而其上也没有丝毫上过药或包扎过的痕迹。

她迅速地朝店里瞄了一眼，又抬头望了我一下，然后就回身过去凝望着她刚跑过的村落。

我顺着她的视线望了出去，想知道她在看什么。一会儿，我看见远远的有两个幼童朝着小店奔来。

我从女童的眼神里可以猜到，那两个幼童必是她的弟妹。因为当我像她那样小的时候，也有一个这样日夜跟着我屁股跑的弟弟。

两个幼童一进到店廊下，也是先四周瞄了一眼，但眼光随即停在那声光正闹的电动玩具上，脚步也着了魔似地一步一步被吸向那代表着都市的机器。最后，他们就像被妖法迷住似的，身体动也不动，双目直盯着电动玩具那急速变幻的画面。而姐姐则用她那明亮的眼睛，看着正在忙着摆置物品的店老板。我猜这女童是替她妈妈来买急用的物品。因为当我这么小的时候，母亲总差我到小店去买些她急用的小东西，有时候是盐巴，有时候是酱油。

店老板在转身时，突然对我说："你的向导来了！"

我随即转身向店外瞧去，但是明亮而空荡的大地上，没有一丝人影。我凝目望向村路的远处，只有一头因为不必耕田而变得臃肿的水牛，正慢吞吞地横过马路。

我疑惑地回头望向老板，他似乎看穿了我心意，立刻说："就是这女童！"

我有点吃惊，实在不敢相信，我的向导竟是一个小女孩子。而且这个女童实在太小了，从她的个子看来，我想她顶多八岁吧！

"你念几年级了？"我问那个正含笑望着我的女童。

"六年级！"她笑着回答道。

我听了一时有些错愕：六年级，表示她至少十一二岁了，但个子怎么这般瘦小呢？也许我在大都市待得太久了，已经习惯看到那些营养过剩、运动太少而显得过分肥胖高大的都市孩子。

我想起自己小学六年级时，不也这么瘦小吗？那时我正有着无法填饱的肚子、做不完的农事、走不完的村路，以及背上一个摆脱不了的弟弟。

"你去过石板屋吗？"我问她。

"去过！"她轻笑着，自信地说，"那里我很熟悉，我常跟弟弟妹妹去那附近采野草莓。"

这正是我童年的翻版啊！那时我也常为了采野草莓，和弟弟走上几公里的山路。

"好！你先回去吃中饭，"我看了一下手表，快正午了，我知道她还没吃午饭，"等你吃过饭，我们立刻出发！"

"我常常不吃中饭。"她有点无奈地笑着说，然后她朝着那被电动玩具迷住的弟妹大声说，"妹——弟——我要上山去了，你们回家吧！"

那两个幼童好像身上的魔法一下子被解除了，突然一致回身，冲到女童旁边，用坚定的语气说："我也要去，我也要去！"

上图 这个就是我的"小"向导,小到让我有些错愕。

下图 耍赖的弟弟妹妹,说什么也不肯回去。

做姐姐的偏过头用征求的眼神瞧着我,我摇摇头。并非我不了解幼童的心情,而是他们实在太小了,我担心万一出了什么事,我就自找麻烦了!何况这一路上,野蜂、蛇等都让我不敢掉以轻心。

"不行!"女童对着幼童说。

"我要去嘛!让我跟嘛!"两个幼童用哀求的语气说。

"不行!"姐姐又摇摇头说。

两个幼童的眼睛随即涌出了泪水并从脸颊上流下。

我装作没看见,开始准备上山的装备,让那做姐姐的去解决他们的问题。

我们出发时,问题似乎摆平了,幼童不再闹了,但却跟在我身后。我向女童说:"他们不可以跟哦!"

"他们会回家去的。"她说,"我们家就在山脚下,离我们上山的路口不远!"

迎着懒洋洋的和风,踏着二月正午的阳光,我们沿着牛车路走了将近一公里,来到了登山口。两个幼童反悔了,执意要跟姐姐上山。我径自走在前头,留下女童在交叉路口处理幼童。这种状况我经历得多了,看了孩子的眼泪,听他们哀求的稚音,我不久会心软,但他们一旦跟我上山,我就休想安心工作。

我走了一小段路,女童就追了上来。我回头望去,两个幼童已走入荒废许久、此刻正茁长着春草的山田,朝着那边山脚下一座孤单的老屋走去。他们一再地转头朝我这边望过来,这使我心中升起一丝愧意。

"你是怎么打发他们的?"我好奇地问走在前面,却又一直望着山田那边的女童。

"本来说好,我采野草莓回去给他们,另外再给他们每人五元。刚刚他们反悔了，说不要这些，只要跟我们去。我只好多许他们五元，变成每个人十块钱！"

以前我们摆脱弟妹的办法，除了许他们带野果外，大概就是许诺下一次去哪里让他们跟。现在台湾的钱多了，连小孩子也知道用钱来"买"问题的解决。

走进了一人般高的长穗木夹径的小山路，微风也消失了，空气变得有些燠热。我们的前进，惊起了许多的蝴蝶从长穗木的花穗上腾飞而起，有小红纹凤蝶、大红纹凤蝶，最多的是青斑蝶。这些远从台湾中北部来过冬的青斑蝶再不久就要往北飞了，南部早来的春暖早已使它们蠢蠢欲回了。

我一面前进，一面忙着拍摄蝴蝶，但因为长穗木被东北季风吹了一个冬季，长得非常杂乱，所以很不容易取到好镜头。小女孩见我对准了半天，却没有按下快门，以为我无法掌握飞飞停停的蝴蝶。突然，她挡在我前面，扬着她的小手来对着我的镜头说："这样你就可以拍到啦！"

我将相机放下，发现她的小手捏着一只青斑蝶，脸上笑得像一朵早开的白色野山茶花。

女童的机灵、轻巧，使我想起当我像她那样小的时候。哪一个村童不是这样呢？

我把我的工作以及拍摄的目标大致告诉她，于是一路上她帮我找出许多昆虫。她像玩寻宝游戏那样，从草丛中找出那些不易发现的小虫，例如会假死的叩头虫、酷似竹枝的竹节虫，以及各种毛毛虫……

我们来到山腰时，遇见了岔路，女童问我说："我们走右边这条路好吗？"

我本无意见，但我听出她很迫切想走右边这条路，所以我就

盛开着白花的大头茶，衬着深绿的叶片，极为显眼。

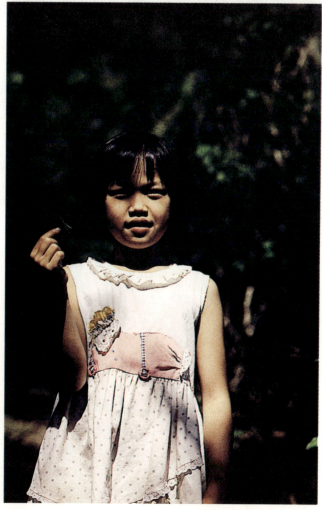

手脚伶俐的女童，一伸手就把青斑蝶逮个正着。

爬到树上的女童。

问:"为什么不走左边这一条路呢?"

"右边这条路上有野草莓!"她以兴奋的语气回我话,眼中也洋溢着一种期待与快乐的神采。

"好吧!"我刚刚说完,她已经像一只小野兔似地一溜烟消失在小路的弯处。那里一棵盛开着白花的大头茶,轻轻摇动起来,几只野蜂腾空飞起,几片雪白的花瓣,从高枝上缓缓地飘落……

小路在低而密的季风林中蜿蜒上升,我忙着拍摄林中的各种动植物,这使得我前进的速度非常慢。女童时而消失,时而又来到我的身边,就像一只忠心的土狗,一方面忍受不了山野的呼唤,一方面又不忍离开主人。

每当小女孩走回来看我时,她的眼中总流露着兴奋以及迫不及待的神色。

"是不是采野草莓的地方快到了?"我笑着问。

她笑着猛点着头,然后脸上飘过一丝因为被我看破内心而感到的羞怯。

"这样吧,你先去采野草莓,"我说,"你就在那里等我。放心,我会找到你。但是你要留一些野草莓给我拍照,等拍完后,你再把它采光!"

"好!"她开心又兴奋地应了一声,她一回过头去,矮小的身影就自我的视线里消失了,只有几片大头茶的落花,兀自缓缓地飘落在刚才女童驻足的地方。

我在幽暗的林中拍了许久,然后寻着女童留下的小脚印往山上走。走了长长的一段山路,山路一转,眼前豁然一亮,我已走出树林,前面是一片灌木散生的草坡。我站在林边,让眼睛适应这午后的明亮。

"快来哟!这里好多草莓!"一串响亮、快乐的稚音,从山坡上传来。

我定睛看去，一张欢笑的童脸自那灌木丛间伸出，双唇为野果的浆汁染得红艳艳的，好像涂了胭脂。

我刚放下背包，她已冲到我身旁，向我展示她采集的野果。

我还来不及空出手来，她已抓了一把野果塞到我嘴里。那野果的滋味我非常熟悉，但又觉得有些遥远的陌生。我肯定这野果不是野草莓。

我赶忙抬眼去瞧她手上红红紫紫的野果到底是什么东西。

"杨梅！"我不禁叫了出来。

这个曾多次令我为它冒着北部的春雨，跑上好几公里山路的野果，在我离开小学那年的春天，是我最后一次与它亲近。那时春雨下个不停，我和着雨水，吞食着红红紫紫的杨梅，滴落的果汁染红了被雨水湿透的上衣，那件用肥料袋改缝的米色上衣，前胸上被染成了一幅渲染的水彩画。

那幅春雨中采食杨梅的景象，以及春雨打在斗笠上淅沥淅沥的声音，多少年来，一直是我旅途上的乡愁。虽然那情景至今仍如昨日一样鲜明清晰，但时间却隔了将近三十年了……而今我在这遥远偏僻的山野，在这村童的笑脸上，在毫无准备之下，乍然重温了儿时的梦境，因而一下子感动得热泪盈眶。

拍摄着山坡上春天的花花草草，享受着烂漫的春光，女童要求我玩捉迷藏，我欣然允诺。我躲入了杨梅丛中，采着杨梅，尝着杨梅，回想着童年……

寻人不着而失去耐心的女童，用长长的高亢的童声呼喊着："你再不出来，我就要回家啰！"

那天真、响亮的稚音，传遍了春天的山野，在那向海的小山谷中引起了一串小小的回音。那可爱的童音与树林里悦耳的竹鸡啼声遥相呼应着。

这春天里的声音、景象、气息，在我闭上眼时，霎时又变成了我新的乡愁。

我真舍不得这春天的一切啊！暖柔的山风、大头茶花幽幽的香气、竹鸡婉转的啼叫、蔚蓝的天空、杨梅酸酸甜甜的滋味、女童天真的呼唤，我真怕这一切在我起身后，就骤然消逝了……不是吗？这样的情景已在台湾大部分的地区消失了……

我童年放牧的山坡如今林立着高高低低的墓园，村童们聚泳的头前溪被砂石厂和工厂毁了容颜，山谷里陪我们一起长大的枫香，如今找不出一丝曾经存在的痕迹……

女童终于在我相机三脚架反光的指引下找到了我，那银铃般的笑声，把我从沉思中拉回到这可爱的春天下午。

轮到我当鬼了，女童在一簇簇的灌木间，几个纵跳就不见了踪影。我在山坡上来回几趟，都找不到这机灵如兔的小鬼，我干脆坐在山坡上显眼的地方，眺望着春景，享受着鸟语花香的早春。我知道，女童不久就会失去耐心而出现在我身后！

果然，不久就有杨梅掷在我的背上，我故意装作毫无所觉，一直等到她来到我身后数尺。下午的阳光将她的影子送到我身边，我才倏然回头扮鬼脸吓她。她那箭一样的尖叫，一下子穿透了春天被花草香气稠滞的空气，然后她开怀地咯咯大笑个不停。

她手里拿着一枝月桃茎，问我要不要吃。我说月桃不能吃，她就剥开叶鞘，拉出白色的嫩茎往口里塞，大口地吃将起来。

"我尝尝看！"我刚说完，她已把嫩茎的另一端塞到我嘴里。虽不怎么好吃，也不太难吃。我知道她饿了。是的，没有吃午饭，又爬了山，再吃了酸甜的杨梅，当然就要把她刺激得饥肠辘辘了。

我拿出饼干请她吃，但她吃了几块，就把剩下的收起来。我

正在采摘杨梅的女童。

女童向我展示她摘取的杨梅果实。

恒春杨梅是恒春半岛的特有植物。一般的杨梅是乔木,恒春杨梅则是灌木。

杨梅的果实是分别陆续成熟,紫色越深代表越成熟,也越甜。

女童采摘的杨梅,准备带回去分享给弟弟妹妹。

小径上铺着落花,轻吹着南国早春暖暖令人欲眠的南风……

在这片山坡上，植株较高或叶片较大的是大头茶，灌木则为恒春杨梅。这样的地形地物，非常适合玩"捉迷藏"游戏。

肚子饿了的女童，啃食着月桃的嫩心。

问她为何不吃了,她答说要留给弟妹。我答应将另外的给她弟妹,她才肯把手里的吃完。

吃着饼干,喝着水,我问起她的家境。但她始终吞吞吐吐,想说却又说不上来,因此我也不想多问。

突然她问我几点钟了,我看了一下手表告诉她快四点了,她的脸色立刻罩上一层忧虑,她说:"我要回家了,再晚回去,就要挨我父亲骂了!"

"为什么?"我有些诧异,"你父亲不知道你来当向导吗?"

"我父亲一早就出门了,"她看着山坡下说,"他傍晚会回来,一回来他就要洗热水澡。我每天都要烧好热水等他回来,不然就要挨骂,甚至挨打了!"

"你妈呢?"我问。

"离家出走了……"她小声、伤感地低下头回答。

她的回答令我错愕,我一时不知要如何开口。只有我身后不远的大头茶树上,传来一对红嘴黑鹎那带有凄凉韵味的鸣声"咿——呀!"打破了这一时僵住的寂静。

荒废的山田,没有吃午饭的村童,说明了这是一个破碎的家。

"你妈为什么要离家?"我小心地轻轻地问,唯恐伤了她。

"爸爸妈妈常吵架。有一天父亲把一群水牛都卖了,"女童凝视青山脚下,喃喃说着,"然后母亲就走了,从此没有回来过!"

"多久了?"

"一年多了!"

"你父亲为什么要卖牛?他现在做什么工作?"我追问道。

"他在玩明牌*!"她以无奈又有些不屑的语气说。

---

* 明牌:彩券开奖前,所谓"消息灵通人士"所预测的中奖号码。

是的，一切答案都在这里，一位沉迷六合彩赌博的父亲，把家当输光了，也把老婆气走了，而这瘦小的女童要负起看顾弟妹和许多家事的责任。

这女童幸好是生长在这依山偎水的村里，而不是灯红酒绿的都市里，否则她若不沦为小偷，也早晚会被卖入风尘的。在这天涯海角的小村，大自然给了她厚实、乐观、不屈的天性，使她依然有着响亮的笑声。

"以后你们怎么办？"我问。

"弟弟要送给一个叔叔，妹妹要送给一个亲戚，我要到满州舅舅家去上初中……"她幽幽地说着，好像说一件与她无关的故事。

听了她的话，我觉得心疼如割，富裕的台湾为什么仍然有这么多贫穷与悲剧呢……

静默中，那凄凉的"咿——呀！"像一声声哀伤的呼唤，自那盛开着白花的大头茶树上，断人心弦地传来。

"我们还是快走吧！"女童忽然开口说，"石板屋就在翻过这山头后不远的地方！"

"算了，我不去了！"我说，"我们这就下山吧，这样你还来得及为你父亲烧热水！"

"你不是要去石板屋吗？"女童迷惑地问道。

"原来是的！但是现在不想去了！"我说，"我原要去那里找一种植物，现在太晚了，改天再来吧！"

"可是石板屋就要到了！"她似乎因为未把我引导到石板屋而觉得工作并未完成。

"没关系，我原来就是要来拍照的。"我安慰她说，"你看，我一路上拍了好多好多照片。再说，吃了这么多杨梅，我好开心，现在想回家了！"

石板屋一直是个谜,对它的来龙去脉人们所知不多,所以有些神秘。

大头茶的花瓣很有质感。

她仰头用她那天真、明亮的眼睛直视着我,大概想从我眼中知道我是否讲真话。我也用认真的眼神回答她。

她似乎满意了,这才高高兴兴地把头一转,领着我下山。

看着她轻快的小步伐,想着她那不美满的家,突然我领悟到为什么店老板要为我找一个这么小的向导。似乎只有这样偏远的小村,在大自然的深处,我才能找到台湾人原有的温情与淳厚的个性。

在路上,我给了女童两百元,这比店老板要我给的多一倍了。她高兴得直叫直跳,我能体会到她自食其力赚到钱的快乐。

来到了山脚,她的弟妹早已在路上守候多时。她们一涌而上,从姐姐手中抢食着饼干和杨梅。

别过孩子,但他们舍不得我,陪我走了一段村路,这才依依不舍地挥别。在再见声中我们分手而去,突然我心中响起了那首黑人民谣——《肯达基老家乡》:"人事不常,噩运来临没法想,从此别了肯达基老家乡……"

只是这几个孩子太小了,还不知道他们即将从此分散,也不知道生离死别的悲愁滋味。

这一夜我就投宿在恒春古城的一个小客栈中。累了一天,原本该舒舒服服地春眠,但我却久久无法入睡。那几张孩子纯真的笑脸,竟不断地涌现脑海中。尤其思及今天我没有让他们姐弟一起上山享受相聚的时光,心中总觉得有些亏欠。直到我决定次日再去那偏僻的小村,邀姐弟们一道上山踏青,以弥补今日无心造成的缺憾,我方才能安然入睡。

次晨,我放下沉重的摄影装备,换上了许多美味的食物,来到了女童的家。

此时已日上三竿,家长早已外出,弟妹正在榄仁树下追逐玩耍,姐姐则忙着在屋侧晾晒衣物,她身后的小坡上正盛开着白色的龙船花。高雅多蕊的串串小白花挺立在巨大而墨绿的叶片上，显得分外醒目、美丽，几只青斑蝶在花间飞舞着，好像要把龙船花的芳香扇向四野。

"叔叔，你又来了！"两个小孩笑叫着朝我奔来，而瘦小的女童正提着一件扭得像粗绳的湿衣转身看我，然后展开了山茶花般的笑容，鼻尖上犹挂着一颗水珠。

在女童晾妥衣物后，我们一行四人，踏上了春色正浓的山路。我们唱着歌、吃着糖、说着故事、聊着天，一路轻松地走着。这还是十几年来，我第一次上山不携带照相机，那轻松的感觉就不在话下。

我们走走跳跳的步子，惊起了一群一群的蝴蝶，它们随即在我们四周飞舞着。我们学着山鸟的鸣叫，把它们嘹亮的歌声比了下去。我们走过山路时，路旁的大头茶纷纷天女散花般向我们飘降白色的落花。我们奔跳的跫音，使得蜥蜴和蚱蜢作声让路。

来到山头开阔的草地，孩子们不顾气喘不停以及汗水直冒，立刻奔向灌木丛寻找红熟的杨梅。我则往柔密的春草上一躺，贪婪地大口吸着混有野草野花芬芳的空气。

孩子们时时爆出一串串银铃般欢乐的笑声，其间我偶尔听见乌头翁和红嘴黑鹎高声地叫着，好像在抗议孩子们跟它们争食野果。

一只凤头苍鹰静悄悄地从山谷中冉冉兜着圈子上升，双翅直直地，动也不动地盘旋着。当它的影子掠过我的眼睛时，我看见它腰尾两侧雪白的羽毛，为阳光穿透而剔透发亮。它的身影愈盘旋愈小，最后消失在湛蓝如海的天空里。

多么美好的时光！这是我一生中少有的那种期盼光阴就此驻足的时刻。真的，人一生中实在太难得有这样悠闲的岁月自由自在地徜徉于烂漫的春风春野里。也只有此时此刻，我才体会到苏东坡写"但愿人长久，千里共婵娟"的感怀与心情。

吃过了我带去的点心，孩子们又邀我玩起了捉迷藏。我已失去童年的玩兴，因此重施故技，躲入杨梅灌丛中享受这曼妙的时光。我要将今天这春野的一切，深深地存入我脑海深处。岁月尽管逝去，但这种美好的感觉，在往后的人生中，我将可以随时取出享用……

正当我在春风中如痴如醉，突然我听见急促的脚步声。我转眼望去，看见姐姐跑着躲入我附近的另一簇灌丛中。过了一会儿，她的眼睛忽然看见了我，顿时高兴得咯咯笑个不止，露出了那为杨梅染紫的牙齿。我能了解她眼光与我相遇的欣喜。

尽兴地玩着直到肚子饿了，大家才坐下来用午餐。肚子填饱后，玩累的孩子们在大头茶的树荫下睡着了。不一会儿，他们的身上、头上就陆续出现了白色的落花。他们睡得很沉，没有人拂下那停在身上的花瓣。

我靠坐在树头，眺望着逐渐有些氤氲的远景。午后的春野，变得十分寂静，好像大地也在沉睡。暖洋洋的春风像温水一般流过，催眠般地拂着我。浓浓的睡意渐渐涌了上来，但我努力地抗拒着。不知为什么，我心中总害怕着这美好的一切，会在我熟睡时悄悄溜走。也许我看过、尝过太多人生的苦，这样美好的时光我总觉得不太真实吧？总害怕这又是一场美梦。我多么羡慕孩子们，似乎只有他们才能无忧无虑地享用世上一切的美好，而我们成人总是有太多太多的得失心，因而做任何事都无法尽情。

孩子们醒来后又玩了一会，直到他们跑不动了，我们才慢慢下山去。女童正好赶得及烧热水，而我也有充分的时间走到四公里外去搭最后一班客运车。

我在夕阳下遣回了一再送我一程又一程的孩子。我走了一大段路才再回头,看见他们仍高高地站在牛车路的坡上,远远地对我猛烈地挥着小手。我心中有着难过,也有着感激。我给了他们一点点微不足道的欢乐,我自己却加倍又加倍地收获。

"再会了,孩子们!谢谢你们!"我也奋力地挥着手臂,心中这样说着。

这样一群可爱、快乐的姐弟却有着一个破碎的家,一个手足即将失散的明天,一个命运难卜的未来,而我却无能为力。这使我心碎。

在红日沉沦中,我终于无法自制,破口嘶喊:"愿神保佑你们!"

当回音遥遥微弱地传回,我的眼中也涌上了一股热意,把剪影在村路中间的矮小人影完全弄模糊了……

我在暮色渐拢中往北疾走,我还有四公里的路等在前面。这样可爱的早春黄昏,我原本应该很愉悦的,但我却总觉得五脏六腑都酸酸的,不知道是人类的悲欢离合让我心酸,还是我杨梅吃得太多。我不敢细想,越想就越觉心酸……

姐弟三人不知沧桑,仍然快乐嬉戏如常。